Série Romance

FRANCES LLOYD

La rose du désert

© 1984, Frances Lloyd

Les livres que votre cœur attend

Titre original : *Desert Rose* (319)
© 1984, Frances Lloyd
Originally published by Silhouette Books,
division of Harlequin Enterprises Ltd,
Toronto, Canada

Traduction française de : Camille Tornielle
© 1985, Éditions J'ai Lu
27, rue Cassette, 75006 Paris

Chapitre premier

— On n'en a plus pour longtemps !

La voix enjouée du facteur tira Nathalie de sa somnolence. Il régnait une chaleur étouffante dans la cabine du camion, malgré les vitres ouvertes. Cette fournaise, ajoutée aux cahots incessants sur la piste défoncée, avait eu raison de sa résistance. Au fil des kilomètres ses yeux s'étaient fermés. La réflexion du chauffeur la ramenait abruptement d'un pays verdoyant où les ruisseaux cascadaient dans un frais clapotis au milieu de l'herbe grasse des prairies.

La couche de poussière ocre déposée sur le pare-brise masquait les détails du paysage. Nathalie ne chercha pas vraiment à le distinguer. Depuis des heures celui-ci se répétait inlassablement en une succession de collines érodées parsemées de buissons d'épineux. Seules deux couleurs dominaient : le bleu intense du ciel que ne parcourait aucun nuage et le brun-jaune de la terre aride.

— C'est encore loin ?

Ses lèvres articulaient difficilement.

— Peut-être bien une trentaine de kilomètres.

Le regard de Jock McIntyre coulissa vers sa passagère. Un sacrément beau brin de fille avec ses cheveux dorés et ses grands yeux bleus, d'une profondeur à s'y noyer! Le nez, joliment retroussé, conférait au visage une touche d'impertinence. Quant à sa bouche mutine, elle inspirait à tout homme normalement constitué la tentation d'y poser ses lèvres. S'il n'était pas en âge d'être son père... Il se consola en pensant que, même avec vingt ans de moins, il n'aurait probablement pas obtenu le moindre regard d'une fille de cette classe.

Nathalie se recroquevilla contre la portière. Une vague nausée lui contracta l'estomac. Il ne manquait plus que ça... Elle forma des vœux. En restant parfaitement immobile et silencieuse le danger s'éloignerait peut-être? Demander à M. McIntyre d'arrêter la camionnette l'humiliait trop. Les recommandations de sa mère l'accompagnant à l'avion de Tallawara lui revenaient à l'esprit :

— Surtout ne crée pas de problèmes !

Il est vrai qu'elle venait d'en soulever un de taille, en rompant ses fiançailles avec Rolf à quelques jours du mariage. Et cela sans raison bien précise. Elle ne supportait plus la perspective de passer une vie entière à ses côtés. Comme pour bien des évidences, en justifier le motif se révéla malaisé.

Malgré les supplications, les promesses, les menaces de sa mère, rien n'y fit. Déjà l'annonce du futur mariage s'étalait dans les rubriques mondaines de tous les journaux d'Australie. Et Belle Grierson, qui considérait le mariage de sa fille unique comme l'un des points culminants de sa carrière de reine de la haute société de Sydney, manqua mourir de confusion.

La nouvelle de la rupture se répandit comme une traînée de poudre. A la maison, le téléphone sonnait sans répit. A longueur de journée, Nathalie devait subir les explications alambiquées inventées de toutes pièces par sa mère pour justifier cette entorse aux traditions de sa caste. Chacune d'elles la culpabilisait davantage. A la fin, elle flancha. Au moindre prétexte elle éclatait en sanglots.

Un beau jour, Belle réalisa l'étendue de la détresse de sa fille.

— Nathalie, ma chérie, pourquoi ne prendrais-tu pas quelques semaines de vacances jusqu'à ce que cette affaire se tasse ?

Sa propre déception la rendait moins indulgente qu'elle l'eût souhaité au désarroi de son enfant. Mais Belle n'était pas femme à occulter un problème quand il se présentait. Une solution germa rapidement dans son esprit.

— Va donc passer quelque temps chez ta tante Peg. Cela te remontera le moral.

Aussitôt dit, aussitôt fait ; un coup de téléphone et tout fut arrangé : Nathalie resterait plusieurs semaines à Naranghi.

Des centaines de kilomètres séparaient Sydney du ranch de sa tante. Ce n'était pas d'ordinaire le genre d'endroit où la jeune fille passait ses vacances. Ses préférences et ses habitudes la portaient plutôt à fréquenter les plages à la mode. Mais seul un isolement absolu constituerait un remède à son profond abattement.

A son arrivée à Tallawara l'attendait une première surprise désagréable. Alors qu'elle espérait trouver à l'aéroport un membre de la famille au pied de la passerelle, on lui remit un message la prévenant qu'une chambre l'attendait à l'hôtel et que la fourgonnette du courrier la déposerait à Naranghi le lendemain. Apparemment l'annonce de son séjour ne déclenchait pas un enthousiasme délirant chez ses cousins. Ce manque d'empressement la blessa. Elle en conclut que sa présence ici ne répondait à aucune invitation mais plutôt à une corvée. Sa famille n'avait pas osé refuser ce service à la redoutable Belle Grierson! Un instant elle hésita. Repartirait-elle par l'avion du lendemain? Seule la certitude d'un violent affrontement avec sa mère l'en dissuada.

Sa première soirée à l'hôtel fut sinistre. Elle essayait de lire un roman mais à peine parcourait-elle quelques lignes que son attention s'évadait : quel sort l'attendait au ranch, le lendemain? Une tentative devant la télévision n'obtint pas plus de succès. De guerre lasse elle monta se coucher pour ne s'endormir qu'après des heures de veille exacerbée.

Rien d'étonnant qu'au matin, en grimpant dans la camionnette de Jock McIntyre, elle ne tînt pas une forme éblouissante. Et ce paysage désolé qui se répétait sans trêve au fil des kilomètres! Une étendue semi-désertique sans autre signe de vie que des compagnies d'oiseaux — des perdreaux? — qui s'envolaient paresseusement à leur passage pour se poser à nouveau quelques centaines de mètres plus loin. L'idée que pareil horizon s'étalerait sous ses yeux pendant des semaines à Naranghi la déprimait à chaque cahot un peu plus.

Les deux sœurs, la mère de Nathalie et sa tante Peg, offraient un contraste saisissant. Autant la première, membre huppé de la colonie mondaine de Sydney, se sentait exilée dès qu'elle s'éloignait, ne serait-ce que le temps d'un weekend à la campagne, autant sa sœur évitait le plus possible de mettre les pieds en ville. Dès ses dix-huit ans la rude existence de la grande prairie australienne l'attira irrésistiblement. La vie isolée offerte par Andrew Forde, un veuf père de deux garçons, lui convenait parfaitement. Elle l'épousa et partit s'installer à Naranghi.

Tout cela se passait bien avant la naissance de Nathalie. Josh et David, ses deux cousins par alliance, étaient beaucoup plus âgés qu'elle. Ceux-ci ne venant jamais à Sydney, elle ne les connaissait pas. Puis survint un tragique événement. David se noya. Seul demeura Josh.

— Nous y voici : Naranghi ! claironna Jock.

Nathalie se tamponna le front d'un mouchoir de fine batiste.

— Ouf ! Dieu merci !

— Ouais, vous avez de la chance qu'il ne fasse pas trop chaud aujourd'hui.

La jeune fille en resta bouche bée.

Le ranch apparut au milieu d'un bouquet d'eucalyptus. Un grand bâtiment, ou plus exactement plusieurs corps de logis disparates accolés les uns aux autres au fil des ans, selon les nouveaux besoins de l'exploitation. Le toit en auvent ombrageait une véranda à laquelle on accédait par quelques marches. Des murs de briques s'érigeaient sur un soubassement en gros moellons irréguliers. Derrière la maison, par-delà le toit, s'élevait une éolienne, sans doute destinée à pomper l'eau d'un puits.

Le klaxon de la fourgonnette déchira le silence. Les jambes ankylosées de Nathalie manquèrent se dérober sous elle lorsqu'elle sauta à terre. Deux chiens, un noir et un blanc, se précipitèrent dans un concert d'aboiements. La silhouette élancée d'un homme en bottes de cheval, vêtu de kaki et coiffé d'un chapeau de feutre à large bord des ranchers, se profila au coin du bâtiment.

— Nathalie, ma chérie !

Peg Forde dévala les marches pour embrasser affectueusement sa nièce.

Ses cheveux coupés court, sa tenue masculine, pantalon de grosse toile, chemise et bottes, lui conféraient un air austère que contredisait un regard pétillant d'intelligence.

— Ma pauvre enfant, tu n'as pas l'air dans ton assiette !

— Je crois que les cahots de la piste lui ont donné le mal de mer, madame Forde, précisa McIntyre du ton sentencieux d'un médecin formulant son diagnostic.

— Viens. Mettons-nous à l'ombre dans la maison.

L'homme en bottes cavalières vint serrer la main du facteur.

— Et voici Josh.

Deux yeux verts se posèrent sur elle.

Le corps était celui d'un athlète, long et délié. Le pantalon serré autour des hanches étroites le faisait paraître plus grand encore. Sa peau dorée revêtait un hâle uniforme jusque dans l'échancrure de sa chemise ouverte sur un torse puissant, musclé. D'un doigt il repoussa son chapeau en arrière sur un fouillis de boucles noires. Sur chaque joue un sillon profond accusait la virilité de ses traits marqués. La forte découpe de la mâchoire, le menton carré achevaient un visage étonnant d'aventurier, de loup solitaire que nulle volonté étrangère à la sienne ne pourrait détourner de son destin.

— Je te présente Nathalie.

La main de Josh effleura le bord de son chapeau en un salut furtif.

— B'jour.

Difficile de se montrer moins accueillant. Visiblement l'arrivée de cette ravissante étrangère ne constituait pas un événement majeur à ses yeux. Pourtant, derrière ce laconisme de façade, le regard vert exprimait un certain intérêt. Ni chaleur ni sympathie mais une attention pénétrante, une sorte d'évaluation qui aiguisait en

Nathalie la conscience de chaque parcelle de son corps. Il la regardait comme un homme regarde une femme.

— Josh, porte les valises de ta cousine dans sa chambre. Elle ne se sent pas très bien.

Il souleva la grande valise de toile sans plus d'effort que s'il s'agissait d'une boîte de chocolats. Un peu confuse de le transformer ainsi, sans qu'il le propose, en porteur, la jeune fille voulut l'aider.

— Laissez le fourre-tout, je m'en charge.

Probablement se pencha-t-elle trop brusquement pour le ramasser. Le sol vint à sa rencontre à toute vitesse, inexorablement. Elle tenta bien de se raccrocher au monde encore tangible, mais ses mains ne rencontrèrent que le vide. Un grand trou noir l'engouffra avant même qu'elle ne s'effondre dans la poussière. Sa tête rebondit durement sur la terre desséchée. Mais déjà elle ne ressentait plus rien.

Chapitre deux

L'évanouissement ne dura que quelques secondes. Un étau serrait Nathalie aux épaules et aux jambes. Sa tête reposait sur une surface à la fois lisse et dure. Elle ouvrit les yeux sur le ferme profil de Josh penché vers elle.

— Pauvre chou, s'apitoyait Peg, plutôt que de la confier à Jock dans son tacot brinquebalant, nous aurions dû aller la chercher nous-mêmes.

Ces mots parvenaient à la jeune fille au travers d'une semi-conscience mais avec une acuité accrue par l'absence de toute autre faculté que celle de l'ouïe.

— A quoi bon? Cela n'aurait pas rendu le voyage moins long ou la température plus supportable pour cette délicate créature!

Josh ne cachait pas son exaspération.

— Je ne comprends pas pourquoi tu n'as pas dissuadé Belle de nous envoyer sa fille de Sydney. Comme si tu n'avais pas suffisamment de travail sans t'encombrer de cette corvée supplémentaire! Cinq minutes à peine depuis son arrivée et déjà les ennuis commencent!

Nathalie dans ses bras, le rancher monta les marches de la véranda sans ménagement pour son fardeau et pénétra dans la maison.

— Josh ! prévint Peg qui s'aperçut du tressaillement de la jeune femme.

Une fraîcheur délicieuse enveloppa celle-ci. Le paradis ressemblait sans doute à cela : l'air conditionné au milieu de la prairie australienne.

Tout reprenait peu à peu sa place. Quand son regard croisa celui de Josh, elle n'y lut qu'une complète indifférence. Le timide sourire d'excuse de Nathalie ne suscita pas la moindre réaction. En revanche, une étrange émotion envahit cette dernière. Serrée contre ce torse puissant et dur, elle sentit son cœur battre plus vite. Il émanait de l'homme une saine odeur de tabac et d'effort qui évoquait le soleil, le vent des espaces infinis de la grande plaine.

Josh la déposa sur le lit de sa chambre. Elle se redressa aussitôt et se tourna vers lui.

— Maintenant, ça va mieux, je suis désolée...

— Mais non, protesta Peg, ne t'excuse pas. C'est juste un coup de chaleur. Attends, je t'apporte une boisson fraîche. Il faut boire énormément.

— Je vais chercher les bagages, annonça Josh.

En trois enjambées il disparut.

A son retour il les déposa brutalement devant la porte comme pour éviter de pénétrer plus avant dans la pièce. Nathalie chercha à rattraper le terrain perdu dès la première rencontre.

— Merci... Merci beaucoup.

Elle disait les premiers mots qui lui venaient à l'esprit, de peur que le jeune homme ne s'éclipsât avant qu'elle trouve une phrase mieux tournée.

— Je suis désolée de causer tant d'embarras...

Il la fixa durement.

— Pour ne rien vous cacher, c'est le cas, en effet. Ecoutez, Nathalie, Peg est surchargée de travail. De plus, ces derniers temps sa santé m'inquiète. Alors débrouillez-vous toute seule.

13

Cet endroit n'est pas un hôtel. On y travaille. Il n'y a pas de place ici pour les petites snobs dolentes ou la Dame aux camélias !

En sortant il manqua heurter Peg qui apportait un grand verre de limonade glacée. De toute évidence elle n'avait pas entendu la diatribe de Josh. Mais le tremblement des lèvres de sa nièce lui indiqua qu'un affrontement venait de se produire.

— Ne prête pas attention à ce garçon. Il est aussi aimable qu'un ours. Ah ! Si seulement il se mariait, cela l'apprivoiserait un peu, soupira Peg. Je garde encore l'espoir de le voir demander la main de Maida, une des filles Connell du ranch de Pinnaroo. Mais Josh se montre tellement imprévisible. Impossible de savoir ce qu'il pense.

En sa tante Peg s'épanouissaient toute la spontanéité et la chaleur qui manquaient à sa mère. Cette femme sans apprêt mais si simple et bonne incitait à l'intimité des confidences.

— Je sais que tu viens de traverser une épreuve pénible, reprit sa tante en lui tapotant affectueusement la main, si tu en éprouves l'envie tu me raconteras tout ça. Ça soulage, parfois, de se laisser aller...

Les yeux de Nathalie s'humectèrent. Depuis si longtemps personne ne lui avait parlé de cette façon ! Tant de générosité après la dureté de Josh la désorientait. Bollottée d'un extrême à l'autre, de la détresse au réconfort, de la dureté à la tendresse, elle ne savait plus très bien où elle en était.

— Et maintenant occupons-nous du déjeuner.

— A vrai dire je ne me crois pas capable d'avaler quoi que ce soit.

Peg se dirigea vers la porte.

— Repose-toi. Je te préviendrai dès que tout sera prêt.

Tous les muscles de Nathalie se détendirent d'un coup. Elle demeura étendue, le regard fixé au plafond, les paumes à plat sur la fraîcheur des draps, goûtant son immobilité absolue.

Espoirs et craintes s'enchevêtraient en elle. Probablement son oncle Andrew se révélerait-il aussi accueillant que Peg, sa femme. Il se trouvait à Melbourne pour affaires et ne reviendrait que plus tard. Mais parviendrait-elle à réduire l'hostilité déclarée de Josh ? De toute façon une ambiguïté de base entachait déjà leurs rapports. Qu'étaient-ils l'un pour l'autre ? Des cousins ? Même pas. Des étrangers qu'aucun lien de sang n'unissait. De vagues parents par alliance. Une bonne sieste la remit d'aplomb. Une douche acheva d'effacer les dernières fatigues du voyage. La salle de bains jouxtait la cuisine. Au travers des minces cloisons des bribes de conversation lui parvinrent tandis qu'elle se refaisait une beauté.

— Tu ne vas pas te mettre en quatre pour assurer son petit confort, tempêtait Josh. Belle ne manque pas de toupet de nous imposer sa fille de cette façon. Je trouve invraisemblable que papa n'ait pas opposé un veto catégorique.

Peg émit sans doute quelques protestations car son beau-fils reprit de plus belle.

— Avec un peu de chance, au bout d'une semaine elle s'ennuiera tellement qu'elle repartira sans demander son reste.

Nathalie resserra le drap de bain autour de ses épaules. Elle frissonna.

— Ton bon cœur te perdra, Peg. Maintenant tu te retrouves avec cette gosse de riche sur les bras.

S'entendre traiter ainsi renversa la situation.

15

Une bouffée de colère envahit Nathalie. Heureusement pour Josh, ils ne se trouvaient pas face à face. Elle lui aurait dit sa façon de penser. De quel droit se permettait-il un tel jugement sans la connaître ? Pour qui se prenait-il, cette espèce de sauvage, cette brute mal dégrossie ? Elle saurait lui faire ravaler ses insultes. Mieux, elle refuserait de lui pardonner !

Un hasard malheureux voulut qu'il sortît de la cuisine à l'instant où elle émergeait de la salle de bains. Les cheveux trempés, drapée tant bien que mal dans une courte serviette qui dissimulait l'essentiel mais découvrait les longues cuisses fuselées et les attaches délicates des épaules, elle passa devant lui sans un regard. Il s'effaça contre le mur, feignant l'indifférence. Cette nonchalance affectée ajouta à la mortification de la jeune fille.

Une fois habillée, Nathalie retrouva Peg affairée à ses fourneaux.

— Je peux vous donner un coup de main ?

— Ne t'occupe de rien, ma chérie. Installe-toi confortablement sur la véranda et laisse-moi faire.

Sans doute sa tante la considérait-elle également comme incapable de rien faire de ses dix doigts. Simplement sa bonté naturelle adoucissait l'expression de son opinion.

La balancelle tangua doucement sous son poids. Par-delà le mince ruban d'ombre de la véranda, le soleil écrasait le paysage. De là-haut ses rayons tombaient comme des hallebardes sans épargner la moindre parcelle de terrain. Seuls les grands eucalyptus et quelques plantes aux fleurs étranges supportaient leur assaut. La piste par laquelle elle était arrivée prenait naissance dans l'axe même de la maison pour se confondre rapidement avec la terre uniformément ocrée qui s'étendait jusqu'à l'horizon.

Comment prouver sa valeur, exprimer tout ce qui bouillonnait en elle ? Elle se sentait si riche de forces et d'aptitudes ! Voilà longtemps qu'elle se posait la question. Son existence de luxe et d'oisiveté dans la valse insouciante des mondanités de Sydney ne la satisfaisait pas. Chacune de ses journées ressemblait à la précédente : mêmes gens, mêmes lieux, conversations insipides et identiques. L'idée de continuer ainsi, indéfiniment, l'effrayait. Son mariage avec Rolf constituait un pas de plus dans cette direction qui l'éloignait de sa véritable ambition : construire son destin à partir de ses qualités propres, et non des privilèges dus à sa naissance.

Seul l'amour aurait pu l'amener à renoncer à cet avenir. Et elle ne l'avait jamais rencontré. De vagues sentiments d'amitié amoureuse la portaient vers Rolf sans atteindre la plénitude qu'elle pressentait. Un grand désert intérieur la déséquilibrait. A certains moments il s'amplifiait jusqu'à noyer son existence monotone dans une complète insignifiance. Satisfactions passagères, inquiétudes mineures, tout semblait vide de sens. Sa vie n'était ponctuée que d'obligations frivoles. A quoi bon ?

Au rythme de la balancelle, cette question harcelait son esprit troublé.

Le fin grillage anti-insectes qui doublait la porte claqua. Peg apportait un plateau de thé et une pile d'appétissants sandwiches.

— Je veux que tu manges un peu. Cela te requinquera et un peu de poids ne te fera pas de mal.

Nathalie sourit. Effectivement elle avait plutôt tendance à fondre au moindre choc affectif.

— Remarque, ajouta Peg soucieuse de modé-

17

rer son appréciation, le relief, lui, est bien en place. Comme chez ta mère. Tu dois tenir d'elle.

La spontanéité de tante Peg était rafraîchissante.

— Vous n'avez personne pour vous aider à tenir la maison ?

D'après Belle les Forde disposaient d'une très confortable fortune. Elle s'étonnait un peu de voir sa tante assumer seule toutes les tâches domestiques.

— Il devient de plus en plus difficile d'obtenir du personnel qui accepte de travailler dans un coin de brousse perdu. Quand les garçons étaient plus jeunes, une gouvernante s'occupait d'eux et une femme de charge de la maison. Elles sont restées ici peu de temps. Puis les remplaçantes ont défilé. Juste assez longtemps pour refaire leur balluchon. Des incapables ou de pauvres filles qui ne souffraient pas ces conditions. De guerre lasse j'ai résolu de me débrouiller seule. Du moins jusqu'à l'époque de la tonte des moutons. Cela ne me dérange pas. Je ne supporterais pas de rester à me tourner les pouces.

L'accusation portée par Josh lui revint à l'esprit : elle, une pique-assiette ! Il ne semblait pas près de changer d'avis. Son hostilité rendrait leurs rapports invivables. Autant en tirer les conclusions immédiatement.

— Je me sens très gênée d'arriver de cette façon chez vous alors que vous ne me connaissiez même pas. Si je vous dérange, je peux très facilement...

— Ne raconte donc pas de bêtises, l'interrompit Peg, nous sommes ravis de ta venue.

— Mais avec tout votre travail...

— Ecoute, insista Peg, si tu nous dérangeais, je ne me serais pas privée de le dire à ma sœur.

Sa voix baissa d'un ton, comme pour donner plus de poids à ses paroles.

— Reste avec nous aussi longtemps que tu le souhaites. Je comprendrai cependant parfaitement que très vite tu t'ennuies. Tu ne trouveras ici aucune des distractions auxquelles tu es habituée à Sydney. Ne prends pas de gants pour nous dire que tu en as assez. Nous ne nous vexerons pas. Tu émerges d'une épreuve pénible. Ne te presse pas. Remets-toi d'aplomb. C'est la seule chose qui compte.

La gentillesse de sa tante toucha Nathalie aux larmes. Elle l'aurait volontiers embrassée pour lui témoigner sa reconnaissance. Pourtant, elle n'osa pas, de crainte que sa réaction ne parût exagérée. Curieusement elle se sentait presque plus à l'aise ici, dans la solitude de Naranghi, qu'à Sydney avec son agitation factice.

— Je ne demande pas mieux que de vous aider, proposa la jeune fille.

— Ne t'inquiète pas. Tu seras mise à contribution le moment venu.

Peg observa sa nièce pensivement. Sa première impression se modifiait progressivement. De toute évidence la jupe en taffetas vert et le chemisier de lin blanc ne sortaient pas de la première boutique de prêt-à-porter. Dans ce cadre sans prétention une telle sophistication pouvait paraître incongrue, du moins inhabituelle. Déjà elle avait remarqué la coupe parfaite de la paire de jean que portait Nathalie à son arrivée. Rien à voir avec les rudes vêtements de travail délavés qui constituaient en grande partie sa propre garde-robe. Pourtant Nathalie les portait avec une insouciante élégance qui leur ôtait toute ostentation. L'impression de chic venait d'elle, pas de ses vêtements. Tout le contraire de Belle, sa mère, dont l'élégance résultait d'un effort de chaque instant. Peg aimait bien sa sœur. Mais elle se doutait que cette extravertie saisissait mal les angoisses et les ambitions secrètes d'une fille aussi réservée que Nathalie.

— Un de ces jours je demanderai à Josh de t'emmener chez les Connell. Une famille très sympathique. De temps à autre il leur donne un coup de main, surtout depuis la mort d'Elsa Connell, voilà un an, et l'accident de Michael. Sa jambe l'empêche d'abattre autant de travail qu'autrefois. Heureusement que Maida, la fille aînée, s'occupe de la maison à la place de sa mère. Une belle fille, cette Maida. Je croyais Josh un peu amoureux d'elle. Mais rien ne s'est jamais concrétisé. Ce garçon a le goût du secret. On ne se doute de rien et un beau jour, il annonce sa décision ! Ça ne m'étonnerait pas outre mesure qu'il nous ramène Maida comme belle-fille, sans crier gare.

Parler de Josh mettait Nathalie vraiment mal à l'aise.

— En ce moment, je préférerais ne pas voir grand-monde. Je pourrais vous aider, dans la mesure de mes possibilités. Je tape à la machine, je sais tenir des comptes. Laissez-moi vous seconder. Je ne veux pas être un poids mort.

— J'en suis persuadée, ma chérie ! Mais nous ne t'avons pas invitée pour te mettre au travail !

Peg repartit à la cuisine surveiller le gâteau qui cuisait dans le four. Cette conversation apaisait un peu Nathalie. Sa tante paraissait éprouver quelque sympathie pour elle. Si l'hostilité de Josh s'aggravait, Peg ne mettrait pas d'huile sur le feu. Mais surtout le réconfort venait de ce que, désormais, il existait pour elle quelqu'un à qui ouvrir son cœur.

Nathalie regagna sa chambre. Là elle défit ses

valises. Au fur et à mesure que robes, jupes, chemisiers, s'entassaient sur le lit, sa consternation augmentait : rien de tout cela ne convenait à la vie qui l'attendait ici. Excepté quelques pantalons qu'elle suspendit dans le placard, tout le reste regagna les valises pour y demeurer en pénitence.

Dans la cuisine, Peg qui préparait le dîner déclina toutes les offres d'aide de la jeune fille. A vrai dire les connaissances culinaires de celle-ci se limitaient à peu de chose. Chez elle ces tâches incombaient aux domestiques. Pour la première fois elle le regretta. A rester là sans rien faire, elle se sentait désagréablement inutile.

— Donne-moi des nouvelles du monde civilisé, suggéra plaisamment sa tante. Parfois je souffre un peu du manque de compagnie. Surtout depuis la disparition d'Elsa Connell. Nous étions très liées.

L'évocation de son amie disparue l'assombrit un instant.

— Raconte-moi un peu ce que devient Belle, enchaîna-t-elle, comme pour dissiper sa mélancolie.

Tandis que Peg achevait ses préparatifs, sa nièce la divertit des dernières lubies de la toujours belle et extravagante Mme Grierson.

Un bruit de moteur signala le retour d'Andrew, le mari de Peg. Son fils l'accompagnait. A les voir ensemble on comprenait d'où venait la séduction de ce dernier. Les deux hommes avaient la même haute stature. On retrouvait chez le père ce charme animal et sauvage, tempéré chez lui par une certaine bienveillance qui faisait totalement défaut à Josh.

Andrew Forde accueillit Nathalie chaleureusement, l'embrassant sans façon sur les deux joues.

— Content de vous voir, mon petit. Je regrette

d'avoir été empêché d'aller vous chercher à l'aéroport. Ça nous changera un peu d'avoir une belle jeune femme élégante dans cette vieille maison. Pas vrai, Josh?

Celui-ci ne répondit pas. Il sortit des bouteilles de bière du réfrigérateur et les déposa, un peu brusquement, sur la table.

— Buvons quelque chose, suggéra Andrew. Nathalie, une bière?

— Merci, mon oncle, mais je n'en raffole pas.

Perchée comme elle l'était sur son tabouret, sa jupe la découvrait un peu au-dessus du genou. Le regard de Josh, comme une caresse sur ses jambes, lui en donna conscience. Elle rectifia nerveusement sa tenue.

— Malheureusement dans notre bled perdu, commenta acidement Josh, nous manquons cruellement des cocktails raffinés auxquels vous êtes sans doute habituée.

Peg tenta de désamorcer l'agressivité du propos.

— Ici nous fonctionnons tous un peu trop à la bière, plaisanta-t-elle.

— En fait, je n'ai pas vraiment soif, s'empressa d'ajouter la jeune femme.

— Et que diriez-vous d'un panaché? suggéra Andrew, ma femme adore ça.

Nathalie ignorait la nature exacte de cette boisson et n'osa demander d'explications de crainte de les vexer.

— Ce sera parfait.

Chacun portant son verre, ils s'installèrent dans la véranda. Le crépuscule enflammait l'horizon d'un chatoiement orangé. Sa somptuosité magnifiait la sévérité du paysage. Un autre monde, fait d'immensité et de paix, s'offrait à Nathalie.

Le récit du voyage d'Andrew occupa une bonne partie du dîner.

Le fermier s'était rendu dans les exploitations voisines afin d'y acquérir quelques têtes de bétail. Le sécheresse, cette année, rendait la vie difficile aux éleveurs et beaucoup d'entre eux se voyaient dans l'obligation de se séparer de troupeaux que leurs réserves de fourrage ne suffisaient plus à nourrir. Andrew s'exprimait posément avec, parfois, beaucoup d'humour. La sympathie qu'il dégageait et la drôlerie de ses propos aidèrent Nathalie à s'abstraire de la tension créée par le mutisme de Josh.

Tous se retirèrent de bonne heure. Nathalie retrouva sa chambre avec un soulagement certain. Les émotions liées à la rencontre de ce cousin irritable ajoutées à la fatigue d'une longue route l'avaient épuisée.

Mais impossible de dormir. Allongée dans son lit, les yeux grands ouverts dans le noir, elle guettait les bruits de cette maison étrangère : un parquet qui gémissait sous les pas, le grincement d'une fenêtre mal fermée, le cri intermittent d'un oiseau de nuit.

Minuit passé... Et le sommeil la fuyait toujours. Peut-être un peu d'air frais la détendrait-il ? Un instant elle hésita à enfiler un déshabillé par-dessus sa chemise transparente. Inutile, la nuit était déserte...

Pieds nus, elle sortit sur la véranda. Un ciel très clair piqueté d'étoiles diffusait une lumière laiteuse. Bien que la température frôlây encore les vingt-cinq degrés, après la fournaise de la journée elle éprouva presque une sensation de fraîcheur. Elle se dirigea vers la balancelle. Une silhouette se détacha de l'ombre. On aurait dit un fantôme. Nathalie poussa un cri de frayeur.

— Qu'y a-t-il ? Vous ne parvenez pas à dormir ?

Elle reconnut la voix de Josh.

— Je me sens un peu nerveuse, reconnut-elle en reculant prudemment jusqu'à se heurter contre la balustrade.

— Combien de temps vous faudra-t-il pour vous « remettre d'aplomb », comme dit Peg ? Un jour, une semaine, des mois ?

— Je n'en sais rien, bredouilla Nathalie prise de court par la brutalité de la question.

— La fourgonnette du facteur passe chaque semaine...

La réflexion se passait de commentaires. Il ne désarmait pas. Plus tôt elle partirait, mieux lui, Josh, s'en porterait. En quelques mots il avait réussi à gâcher l'accueil si chaleureux de Peg et de son mari !

— Je sais que ma présence vous agace, mais à défaut de me souhaiter la bienvenue vous pourriez au moins vous montrer poli !

Sa repartie se voulait d'une acidité à la mesure de l'agression. Mais sa voix trahit sa détresse. La main du jeune homme se posa sur son épaule dans un geste de réconfort.

— Ne m'en veuillez pas trop, Nathalie. La santé de Peg me cause beaucoup de soucis. Je la crois beaucoup plus fatiguée qu'elle ne l'admet. J'étais opposé à votre venue, reconnut-il. Le moment se prête mal à ce que nous recevions des invités.

— Surtout une insupportable snob dans mon genre...

La reprise de sa propre expression le laissa coi. Il ne se doutait pas qu'elle avait surpris ses propos. Mais la stupeur fit vite place à un éclair de gaieté. Un brin de provocation ne lui déplaisait pas.

— Ne vous inquiétez pas à mon sujet. Je suis de taille à me débrouiller toute seule.

— En tout cas vous ne manquez pas d'esprit de repartie.

Comme s'il regrettait cette amabilité, la première, il s'empressa d'ajouter :

— Mais par ici de bons muscles valent mieux qu'un bel esprit ; et je doute fort que vous sachiez le prix de l'effort physique.

Nathalie n'entendait pas se laisser ainsi tailler en pièces. Qu'il n'éprouve à son égard aucune sympathie particulière, elle n'y pouvait pas grand-chose. Mais qu'il mette en doute son courage, cela elle ne l'admettait pas.

— Je ne suis pas aussi fragile que vous semblez le croire.

— Vraiment ?

A sa stupéfaction Josh lui saisit les poignets et l'attira contre lui. Ne comprenant pas ce qui lui arrivait, elle se laissa faire sans réagir.

— D'après ce que j'entrevois de votre corps, il ne me paraît pas destiné aux rudes travaux de la prairie.

Nathalie rougit jusqu'à la racine des cheveux : elle était nue, ou presque ! La transparence traîtresse de sa chemise de nuit révélait à Josh chaque courbe de son corps. Elle voulut protester mais la bouche de ce dernier bâillonna la sienne d'un baiser impérieux. Un bras musclé se glissa dans son dos pour la plaquer plus étroitement encore contre le corps dur et tendu du rancher, dont les lèvres se firent plus douces, persuasives, contredisant l'étreinte brutale qui emprisonnait la jeune fille.

Josh la relâcha aussi soudainement qu'il s'était emparé d'elle. Nathalie vacilla, se retenant de justesse à la balustrade. Elle ne savait trop contre qui diriger sa colère : Josh ou elle-même, pour le trouble qui la bouleversait, malgré ses manières de soudard.

— Qu'est-ce qui vous prend ? fit-elle d'une voix vibrante d'indignation.

Josh eut un sourire en coin.

— Juste pour vous souhaiter la bienvenue.

Le sourire s'effaça. Il la dévisagea avec gravité.

— Vous n'avez rien à faire ici, Nathalie. Vous ne vous habituerez jamais à la vie du ranch.

— Mais je ne suis là que pour quelque temps, pas pour l'éternité !

Le jeune homme se dirigea vers la porte, coupant court aux explications.

— Accordez-nous une faveur, ma belle. Faites vos paquets dès la semaine prochaine et trouvez-vous une autre maison de santé, pour vous remettre d'aplomb !

La porte claqua et elle se retrouva seule.

Chapitre trois

Après cela Nathalie dormit d'un sommeil agité. Dès le petit matin les cris stridents des perroquets perchés dans les eucalyptus la tirèrent d'une torpeur traversée de cauchemars.

Apparemment tous dormaient encore. Mais des traces d'eau sur le carrelage de la salle de bains indiquaient qu'un membre de la famille s'était montré plus matinal qu'elle. Une fois douchée, elle enfila un bermuda rose pâle, un tee-shirt assorti et des espadrilles de toile blanche.

La cuisine était déserte. Nathalie sortit sur la véranda où les événements de la nuit l'assaillirent à nouveau. Le goût de ces lèvres charnues posées sur les siennes, la chaleur brûlante, à travers le fin tissu de la chemise de nuit, de cette main pressée sur sa hanche... Ces sensations, comme neuves, la harcelaient avec une précision troublante.

Elle dut faire appel à toute sa volonté pour chasser ces souvenirs et contempler dans la fraîcheur du petit matin le splendide, l'austère paysage autour de la maison. Plus tard dans la matinée les brumes de chaleur en gommeraient les contours.

Le vacarme des perroquets s'apaisait. Par petits groupes ils prenaient leur envol et tournoyaient au-dessus de la maison avant de disparaître dans le lointain. Se retrouver dehors à pareille heure en compagnie de ces étonnants volatiles constituait pour la jeune femme un dépaysement absolu. Le silence des grands espaces calmait le tumulte de son cœur. Vus de ce désert implacable, ses tourments mi-mondains, mi-sentimentaux des semaines précédentes devenaient dérisoires. Malgré l'hostilité de Josh, la sérénité de Naranghi agissait déjà sur son esprit.

Quelle attitude adopter? Renoncer à son séjour ici ou s'accrocher, au contraire, et faire peau neuve dans cette solitude du bout du monde?

Un galop de cheval la tira de sa méditation. Dans un nuage de poussière le cavalier immobilisa sa monture devant la maison. Josh!

Dans sa main gantée appuyée sur sa hanche, il serrait un fouet de cuir tressé à longue lanière dont il tapotait négligemment sa botte. Bien que Nathalie se trouvât sur la véranda surélevée, le rancher la dominait encore. Le cheval, un superbe animal à la robe baie, piaffa. D'une simple pression de jambes, son cavalier le soumit à son autorité.

Leurs regards se croisèrent; le sang afflua aux joues de Nathalie. Quant à lui, ces retrouvailles paraissaient plutôt l'amuser.

— Déjà debout? ironisa le jeune homme. Auriez-vous mal dormi, par hasard?

Elle se retint pour ne pas l'envoyer promener.

— Pas du tout. Un vrai sommeil de bébé. Du moins jusqu'à ce que les perroquets s'en mêlent.

Il rit de bon cœur.

— Ils valent n'importe quel réveil-matin! Chaque soir ils viennent par centaines nicher autour de la maison. Ne comptez pas trop faire la grasse matinée.

— Ce n'est pas dans mes habitudes, rétorqua-t-elle, agacée par ce préjugé sans appel.

— Disons plutôt qu'il s'agit d'une question d'estimation. Tôt n'a pas la même signification pour vous que pour moi...

Elle s'abstint de répondre. Ce genre de conversation ne menait à rien et risquait de s'envenimer. Sous le large bord du feutre cabossé les yeux verts ne la quittaient pas. Du haut de sa monture un cavalier dominera toujours un interlocuteur à pied. Probablement se réjouissait-il intérieurement de sa supériorité. Campé sur sa monture aux naseaux palpitants comme un chasseur forçant sa proie, il lui signifiait par sa seule présence que chercher à fuir ne servirait à rien. Il la rattraperait.

L'apparition de Peg mit fin à cette confrontation muette. Josh relâcha les rênes et le cheval se dirigea au petit trot vers l'écurie.

— Ma petite fille, je te croyais encore au lit !

Bien que manifesté de manière plus aimable, l'étonnement de sa tante rappelait celui de Josh. De toute évidence, une peu flatteuse réputation l'avait précédée. Combien de temps lui faudrait-il pour s'en débarrasser ?

L'odeur du lard grésillant dans la poêle aiguisait agréablement l'appétit de Nathalie. Dans la journée, la chaleur accablante n'incitait pas à s'alimenter abondamment. Le matin, au contraire, on se réveillait affamé, prêt à se gaver pour les vingt-quatre heures à venir... Tandis que Peg préparait un petit déjeuner de proportions pantagruéliques, sa nièce disposa le couvert : quatre tasses, quatre assiettes. Déjà une certaine intimité s'établissait entre les deux femmes, les dispensant de propos de pure convenance pour échapper au silence. Plus que des paroles, ce silence témoignait de leur compréhension mutuelle.

L'entrée de Josh dans une pièce évoquait à elle seule une invasion par les hordes d'Attila. Le martèlement de ses bottes sur le plancher annonçait son arrivée ; une porte claquait et il s'imposait, occupant tout l'espace, réduisant, amenuisant par sa seule présence la personnalité des autres occupants des lieux. Il lança son chapeau sur le haut du réfrigérateur avant de prendre place sur une chaise, le dos arqué, les jambes étirées devant lui.

— J'irai à Pinnaroo tout à l'heure, Peg, annonça-t-il. As-tu une commission à me confier ?

— Non, rien de spécial. Apporte quelques pots de ma confiture de melon à Maida. Je sais qu'elle l'apprécie. Nathalie pourrait t'accompagner ? Ça la distrairait de rencontrer les Connell.

Josh daigna enfin jeter un coup d'œil vers la jeune fille. Il avala une gorgée de café en la fixant par-dessus le rebord de sa tasse mais continua à s'adresser exclusivement à sa belle-mère, négligeant la présence de Nathalie.

— La Jeep n'est pas plus confortable que la camionnette du facteur, la piste de Pinnaroo aussi défoncée que celle de Tallawara et je crois me souvenir que notre invitée supporte plutôt mal les trajets en voiture.

Peg le tança vertement. De bon ou de mauvais gré, elle l'obligerait à se montrer aimable envers sa nièce.

— Ne raconte pas de bêtises. La chaleur d'hier était tout à fait exceptionnelle. Et de plus, ce vieux fou de McIntyre conduit sa guimbarde à déchausser les dents d'un alligator.

Elle se tourna vers Nathalie.

— Est-ce que ça te dit ?

La question la plaçait dans une situation embarrassante. De toute évidence Josh la considérait comme un boulet à traîner. Décliner son offre permettrait de se tirer d'affaire sans perdre la face. A en juger par le calme olympien qu'affectait le jeune fermier, c'était précisément là son pronostic.

— Je ne voudrais pas encombrer Josh. Si je reste ici je pourrais vous donner un coup de main dans la maison.

Peg chassa cette proposition d'un geste de la main.

— Penses-tu ! Allez, va donc chez les Connell.

Josh adopta son ton le plus aimable pour décocher une nouvelle flèche.

— Peg souhaite rester seule afin de pouvoir travailler en paix.

— Josh ! Veux-tu ne pas proférer de telles absurdités !

Il se tourna vers Nathalie.

— A vous de décider. Vous venez ou pas ?

Elle avala difficilement sa salive. Parti de rien, le problème prenait maintenant une dimension disproportionnée. Il offrait à Josh l'occasion de l'affronter à découvert. Qu'elle se dérobât le rendrait encore plus agressif à son égard à l'avenir. De plus elle décevrait Peg et découragerait les efforts de celle-ci pour l'intégrer à leur vie quotidienne.

— Aujourd'hui je me sens nettement plus en forme. Je supporterai facilement quelques kilomètres en voiture.

— Bravo, approuva sa tante, rappelle-moi de te trouver un chapeau avant ton départ.

L'arrivée d'Andrew orienta la conversation vers des préoccupations plus classiques d'élevage. Le bétail débarquerait bientôt. L'assimilation d'un cheptel étranger comportait toujours une inconnue. En effet, les maladies contagieuses dont il pouvait se révéler atteint présentaient un léger risque pour les troupeaux autochtones. Les deux hommes discutèrent longuement de problèmes de vaccination dont l'importance n'échappa pas à Nathalie, sans pour autant éveiller en elle le moindre intérêt. Ils continuèrent leur conversation tandis que celle-ci essuyait la vaisselle que lavait sa tante. Son oncle donna le signal du départ. Josh récupéra son chapeau sur le réfrigérateur, bousculant la jeune femme au passage. Au lieu de s'excuser il la prévint sèchement.

— Soyez prête dans une demi-heure. Je n'attendrai pas.

Elle serra les lèvres. La brutalité de ce comportement la déconcertait plus qu'elle ne voulait se l'avouer. Jusqu'alors sa propre gentillesse désarmait ceux-là mêmes qui nourrissaient à son égard des sentiments mitigés.

— Ne fais pas attention, l'encouragea Peg, il aboie mais ne mord pas.

— Son frère était-il aussi... aboyeur ?

Un voile de tristesse estompa le regard de Peg.

— Oh ! non, pas du tout. Lui non plus ne se montrait pas très bavard mais il appréhendait les événements de manière très différente de Josh, moins excessive. Probablement son talent de peintre lui offrait-il d'autres possibilités d'expression. Il partait des journées entières camper dans la prairie. A son retour il m'offrait les plus belles aquarelles qu'on puisse imaginer. Nous étions très proches l'un de l'autre. La réserve de Josh rend nos liens un peu moins chaleureux. Bien que je ne sois que leur belle-mère, j'ai toujours aimé ces deux garçons comme mes fils.

L'évocation de David fouaillait une blessure

toujours vivace. Du coin de son tablier elle écrasa une larme.

— Je suis désolée, s'excusa Nathalie.

Peg se fabriqua un grand sourire encore tremblant de chagrin.

— N'y pensons plus. Va vite te préparer pendant que je te trouve un chapeau. Mieux vaut ne pas faire attendre ton chauffeur !

A défaut de correspondre exactement à la dernière mode, le panama blanc à ruban noir que dénicha Peg se trouvait être exactement à sa taille. Un carton solidement fixé contenait les bocaux de confiture de melon.

— Amuse-toi bien et embrasse tout le monde là-bas de ma part.

Heureusement, Josh n'apparut qu'après qu'elle l'eut attendu cinq minutes sous la véranda. Il ne se donna pas la peine de descendre de la Jeep pour l'aider à porter le carton qu'elle casa tant bien que mal entre les deux sièges.

— Ne vous croyez pas obligée de m'accompagner, jeta-t-il tandis qu'elle grimpait à ses côtés.

— Pas le moins du monde. Je suis enchantée de rencontrer les Connell.

Il enclencha le levier de changement de vitesse.

— Dans ce cas, allons-y.

La Jeep bondit en avant. Une haute barrière de bois cernait le vaste espace où s'éparpillaient les différents bâtiments de l'exploitation.

— Ne bougez pas, j'ouvre la barrière, annonça Nathalie.

Elle sauta à terre avant que la voiture s'immobilise. Mais le verrou, un diabolique mécanisme, lui posa quelques problèmes. Malgré tous ses efforts, impossible de l'ôter ! Les sarcasmes ne manqueraient pas de pleuvoir si elle se trouvait contrainte de demander de l'aide. De toutes ses forces elle tira sur cette maudite goupille. Dans son dos le moteur rugit deux fois coup sur coup. On s'impatientait. Ouf! ça y était...

La barrière pivota sous son propre poids. La Jeep démarra, enveloppant Nathalie d'un nuage de poussière. Au lieu de stopper pour attendre sa passagère, elle continua de rouler. Nathalie la regarda passer, furieuse, vexée. Une très désagréable sensation de ridicule l'envahit. Dès la première occasion il en profitait pour la lâcher!

Cinquante mètres plus loin le véhicule s'immobilisa. Nathalie s'avança à pas nonchalants, comme pour économiser son effort au cas où il s'agirait encore d'une nouvelle facétie du conducteur. L'aboiement rauque de l'avertisseur lui enjoignit de se dépêcher. Elle grimpa à bord.

— Merci, laissa tomber Josh.

Quelques kilomètres plus loin un énorme troupeau de moutons barrait la piste. On eût dit un tapis blanc mollement ondulant. Ils durent attendre que cette marée se retire avant de poursuivre leur chemin.

— A quelle distance se trouve Pinnaroo?

— Une vingtaine de kilomètres. Je suppose que je devrais présenter mes excuses pour mon comportement de cette nuit, enchaîna-t-il, la cueillant à froid.

— Je m'étonne que vous connaissiez le sens du mot « excuse ».

— C'est un exercice que je ne pratique pas souvent, bougonna Josh mal à l'aise.

— Ne changez surtout pas vos habitudes pour moi.

Il émit un petit rire.

— Je trouve agaçant de vous voir recroquevillée sur votre siège tel un lapin épouvanté s'attendant à ce que le cruel épervier lui fonde dessus d'un instant à l'autre.

34

Du coup elle se redressa avec une assurance qu'elle était loin de ressentir.

— Recommencez ce petit jeu-là et vous ne vous en tirerez pas aussi facilement.

— Ne vous montrez pas aussi impatiente. Chaque chose en son temps.

Elle en eut le souffle coupé. Les derniers moutons dégagèrent la piste et ils redémarrèrent. Le reste du trajet s'effectua dans un silence pesant. Ce fut un soulagement lorsque les bâtiments de Pinnaroo se profilèrent à l'horizon.

Une jeune fille à cheval les accueillit devant la maison d'habitation.

— Hello, Josh ! Comment va tout le monde à Naranghi ? Vous êtes sans doute Nathalie ? Je savais que vous arriviez un de ces jours.

Elle mit pied à terre. D'une vigoureuse claque sur la croupe elle renvoya sa monture bien dressée à l'écurie.

Clarrie Connell serra chaleureusement la main de Nathalie. Elle ne paraissait guère plus de seize ans. Avec ses cheveux d'un blond foncé coupés à la diable et très court, son jean et un blouson assorti, chaussée de bottes, elle ressemblait à un vrai garçon manqué. Seule la rondeur juvénile du visage constellé de taches de rousseur offrait une tendresse d'adolescente.

— Où se trouve Maida ? s'enquit Josh d'une voix impatiente.

— Dans la cuisine, je suppose. Je vais prévenir papa de votre arrivée, qu'il en profite pour avaler une bière.

Ils trouvèrent Maida qui, occupée à nettoyer des légumes, les accueillit tous deux avec une chaleur égale. Elle les embrassa sans qu'aucun de ces baisers dénote autre chose qu'une bienveillance naturelle et spontanée. Sans doute était-elle un peu plus grande que Nathalie. Plus robuste, aussi. Tout en Maida dénotait une vigueur nourrie de vie au grand air. Une abondante crinière brun foncé encadrait un visage aux pommettes hautes et aux yeux d'émeraude liquide qui évoquaient de probables origines slaves. Sur son corps sculptural l'uniforme unisexe de la prairie, jean, bottes, chemise kaki, devenait évocateur tant il moulait de rondeurs fermes et dorées.

La bouilloire chauffait sur le gaz. Ils s'attablèrent pour avaler une tasse de thé brûlant. La délicieuse brioche préparée par Maida rappela à Nathalie la commission de Peg. Le temps d'aller jusqu'à la Jeep et de revenir avec la confiture, Maida avait quitté sa place ainsi que Josh qui se tenait à ses côtés tandis qu'elle versait du lait dans un pot. A son entrée, ils regagnèrent leur chaise. Mais rien dans leur attitude n'évoquait une intimité amoureuse brusquement interrompue.

Dans un joyeux tumulte le reste de la maisonnée — Clarrie suivie de ses deux jeunes sœurs, Jane et Julie — fit irruption dans la cuisine.

— Le clan est incomplet en ce moment, plaisanta Maida, les deux autres filles sont au collège et Daniel — seul garçon, pauvre malheureux — se trouve en ville. Ah ! voici l'autre élément masculin de la famille. Papa, je te présente Nathalie Grierson, la nièce de Peg. Elle arrive de Sydney.

Michael Connell marchait difficilement. La raideur de sa jambe droite imposait à ce géant massif un déhanchement prononcé à chaque pas.

Parmi cette tribu, Josh devenait un autre homme. Là, sa personnalité crispée, arrogante se détendait, ses gestes gagnaient en naturel. Une ébauche de sourire flottait sur ses lèvres, prête à se transformer en éclat de rire à la moindre plaisanterie. Beaucoup plus à l'aise que parmi les siens, ici il laissait tomber le masque, gagné par l'insouciance ambiante et la douillette harmonie du cocon familial.

Ses rapports avec les filles de Pinnaroo s'établissaient d'égal à égales. Personne ne s'épargnait si l'occasion d'un bon mot se présentait. La victime encaissait sans broncher, riant de bon cœur, guettant l'occasion de rendre la monnaie de la pièce. Josh cherchait à obtenir la sympathie des sœurs Connell, pas à les écraser d'assertions définitives comme il le faisait pour Nathalie.

L'accueil de Maida dénotait autant de sensibilité que de chaleur humaine. Probablement était-elle au courant des raisons de la présence d'une étrangère à Naranghi. Pourtant elle évita d'aborder le sujet, la traitant comme une voisine dont on sait tout, venue à l'improviste bavarder quelques instants. Une fois mise en confiance, Nathalie posa la question qui lui brûlait les lèvres depuis longtemps.

— N'avez-vous jamais envisagé de vous installer en ville ?

A peine prononçait-elle ces mots qu'elle le regrettait déjà. Peut-être les Connell les traduiraient-ils comme une critique implicite : comment parvenez-vous à survivre dans un pareil endroit ? Maida secoua la tête. La question l'amusait.

— Pas un instant, répondit-elle gaiement. Toutes les beautés de la vie, je les trouve ici. En ville j'étouffe au bout de quarante-huit heures.

Exactement le genre d'épouse qui conviendrait à Josh, ne put s'empêcher de penser la citadine.

On passa l'après-midi à visiter les différentes installations de l'exploitation. Comme à

Naranghi la principale richesse de celle-ci consistait en un troupeau de plusieurs dizaines de milliers de moutons. Clarrie tomba des nues quand Nathalie avoua n'être jamais montée à cheval. Cette infirmité lui conféra quasiment un statut d'extra-terrestre.

— Je vous apprendrai, annonça impétueusement Clarrie. Combien de temps restez-vous à Naranghi ?

Nathalie se demanda si Josh qui, à quelques pas de là discutait avec Michael Connell, avait entendu.

— Euh... Je ne sais pas encore.

— Peu importe. Ça ne prendra pas longtemps. On commencera dès demain. Je viendrai à Naranghi.

L'idée séduisait assez la jeune femme qui émettait néanmoins de secrètes réserves : quelle serait la réaction de Josh devant un tel projet ? Heureusement Clarrie se chargea de l'annoncer.

— Puisque la décision semble déjà prise, je suppose qu'il ne me reste plus qu'à m'incliner.

— Vous n'y voyez vraiment aucun inconvénient ? se hâta de demander Nathalie.

Son regard la cloua sur place.

— Aucun.

Au moment du départ, Michael plaça un cageot débordant de légumes à l'arrière de la Jeep.

— Vous donnerez ça à Peg, avec nos remerciements pour la confiture de melon.

Toute la famille resta devant la maison à agiter les bras en signe d'adieu jusqu'à ce que la Jeep dépasse les derniers bâtiments.

Le silence qui s'abattit à nouveau dès qu'ils se retrouvèrent seuls parut plus pesant encore après cette joyeuse journée. Maintenant qu'elle savait Josh ouvert et souriant à l'occasion, son mutisme buté ne pouvait s'interpréter que comme une franche inimitié à son égard. Bah ! quelle importance, après tout ! Malgré les cahots incessants, la chaleur l'assomma à tel point qu'elle piqua du nez puis s'assoupit au bout de quelques kilomètres.

Paradoxalement, ce fut lorsqu'elle ne se sentit plus secouée comme un prunier qu'elle se réveilla ! La Jeep était arrêtée sur le bas-côté, capot ouvert. Son chauffeur, une clef anglaise à la main plongeait dans ses entrailles.

— Que se passe-t-il ?

Il se gratta le menton avec une évidente perplexité. Ses doigts y laissèrent des traces de cambouis.

— Je n'en sais trop rien.

Jusqu'à l'horizon s'étendait l'éternel paysage de terre orangée piquetée de touffes d'herbes jaunes.

— Nous sommes loin de Naranghi ?

— Cinq kilomètres à peu près.

Chacun hésitait sur la conduite à tenir. Leur silence dissimulait leur trouble. Que faire ? Abandonner la Jeep ? S'y installer en attendant qu'on vînt les chercher ? Les initiatives de Josh, desserrer un boulon, revisser un écrou, paraissaient guidées par le seul hasard. Aucune ne se révéla très concluante. Se doutant que rester plantée là, derrière lui, spectatrice de son impuissance, risquait de l'exaspérer, Nathalie s'éloigna jusqu'à un rocher plat où elle s'assit.

A cette distance l'immensité du paysage avalait le véhicule immobilisé et l'homme penché sur lui au point de les rendre dérisoires. Sa beauté grandiose se teintait maintenant de menaces. Les rochers, la poussière, le soleil écrasant, rien ici ne justifiait une présence humaine. Un frisson d'inquiétude la parcourut.

Heureusement que le jeune homme se trouvait là !

Il lui cria de revenir.

— Inutile d'insister : le carburateur est grillé.

— Alors ?

— Il ne me reste plus qu'à regagner Naranghi à pied pour revenir la remorquer avec le camion.

— Cinq kilomètres, ce n'est pas le bout du monde.

Simple bravade destinée à masquer son découragement à l'idée d'une telle marche forcée. Et dans ce paysage de planète morte ! En règle générale, à Sydney, elle utilisait sa voiture dès que le trajet dépassait quelques centaines de mètres. Cinq kilomètres, autant dire un marathon !

— Vous m'attendrez ici, ordonna Josh.

La perspective d'attendre seule au milieu de ce désert de fin du monde l'emplit de terreur.

— Non, non, je viens avec vous. Je ne veux pas rester ici toute seule, avoua-t-elle d'une petite voix.

— Cela ne me prendra pas plus de deux heures.

Elle se rendait parfaitement compte que cette réaction apeurée confirmait toutes les préventions de Josh à son endroit. Tant pis. Et la nuit serait probablement tombée, d'ici son retour ! Cette dernière constatation acheva de la démoraliser.

— Je vous en prie... Je ne peux pas.

Son affolement parut le toucher. Il l'enveloppa d'un bras protecteur, la serrant contre son torse puissant. Nathalie percevait les battements de son cœur. D'une main caressante il lissa la soie blonde de sa chevelure, cherchant à la rassurer, lui murmurant des mots d'apaisement, comme à un enfant. Mots qu'elle ne comprit pas. Probablement se complaisait-il à tenir ce rôle de mâle dominant qui la réduisait à se comporter en petite fille craintive, avide de protection.

— Eh bien, allons-y, se ressaisit-elle, refusant de jouer ce jeu.

Les yeux de Josh s'attardèrent sur les espadrilles de toile.

— Une autre solution consisterait à attendre ici. En ne nous voyant pas revenir, mon père partira à notre recherche.

Cette concession à sa faiblesse vexa la jeune femme. Ainsi la preuve serait apportée que sa présence constituait un fardeau que, dans l'incapacité à s'adapter, elle imposait aux autres.

— Assez parlé. Mettons-nous en ro te, insista Nathalie.

— D'accord, admit Josh avec un geste fataliste, on verra bien si vous tenez le coup.

Les effets de la marche ne tardèrent pas à se manifester. Les fines semelles de corde des espadrilles la protégeaient mal des arêtes pointues des cailloux jalonnant la piste. Le soleil déclinait mais il faisait encore très chaud. Comme ils se dirigeaient vers le couchant, ses rayons obliques les éblouissaient, dissimulant les accidents du chemin.

— Comment ça se passe ? demanda le jeune homme après une demi-heure de route.

— Ça va.

Ses lèvres sèches lui permettaient à peine d'articuler.

— Les chaussures tiennent le coup ?

— Jusqu'à présent...

Que les espadrilles partent en lambeaux, peu importait. En revanche, à ce rythme-là ses pieds seraient bientôt en sang. A chaque pas, une nouvelle douleur surgissait. Une ampoule après l'autre, ils finiraient par ressembler à des arbres de Noël !

Elle mourait d'envie de demander quelle distance restait encore à parcourir. La certitude qu'il interpréterait sa question comme une première tentation d'abandon la retint.

Josh arpentait la piste d'une foulée régulière, à grandes enjambées. Pour chacune d'elles Nathalie en effectuait deux, sous peine de se trouver distancée. Par une de ces sortes de manie ou d'idée fixe qui se développent dans les situations d'extrême fatigue, toute son attention se concentrait sur le dos de l'homme marchant devant elle. Des plaques de sueur collaient la chemise à la peau entre les omoplates. Au-dessus du col les cheveux coupés court découvraient une nuque puissante et hâlée surmontant de larges épaules. Cette masse de muscles parfaitement entraînés qui constamment s'éloignait devenait une obsession : coller à elle, ne pas la perdre.

Une douleur fulgurante lui traversa le pied et elle poussa un cri. Elle trébucha, tomba sur la terre ocre, hérissée de cailloux aux cassures vives. Josh revint sur ses pas.

— Que vous arrive-t-il ?

— J'ai buté sur un rocher.

Il s'accroupit à ses côtés pour la déchausser. Une vilaine plaie apparut.

— Essayez de remuer le gros orteil.

Les muscles obéirent mais ce faible mouvement lui arracha une grimace.

— Rien de cassé en tout cas, conclut Josh.

Il disait cela comme s'il s'agissait là de la seule blessure susceptible de causer quelque souffrance.

— Allons, relevez-vous.

Une marée de larmes brouilla la vision de

Nathalie. Sa détresse morale face à une telle cruauté annihilait presque la douleur physique. Se retrouver seule au milieu de ce désert inhumain avec un monstre pareil!

Je tiendrai bon! Elle se releva lentement.

— Sur mon dos. Les bras autour de mon cou.

Josh, un genou à terre, se pencha en avant. Ce geste la surprit à tel point, venant de lui, qu'elle n'obéit pas, l'étonnement la clouant sur place.

— Ne jouez pas à l'héroïne, s'impatienta-t-il, grimpez.

Elle posa timidement les mains sur ses épaules. Avant qu'elle pût dire ouf! les bras de Josh la crochetèrent sous les genoux. Pour ne pas tomber à la renverse elle dut agripper son cou des deux bras.

— Vous pesez moins qu'un sac de maïs, commenta Josh.

A défaut d'être particulièrement galante, la comparaison pouvait passer pour aimable.

Le mouvement régulier de son pas berçait Nathalie. Insensiblement sa tête se nicha au creux de l'épaule puissante. Moins fatiguée, la sensualité de sa position, ce contact étroit, l'eussent troublée. Elle s'abandonna, soudain confiante, contre ce large dos d'homme. Toute peur, tout ressentiment évanouis. Elle se sentait protégée.

Chapitre quatre

— Mon Dieu! s'exclama Peg, que vous est-il arrivé?

L'épreuve de plusieurs kilomètres de marche dans la prairie avec Nathalie, fût-elle légère, sur le dos laissait des traces. Même sur une constitution aussi robuste que celle de l'éleveur. Un véritable masque de poussière collée par la sueur recouvrait ses traits tirés. Il posa doucement son fardeau à terre avant de se laisser tomber sur les marches de la véranda. Là, il s'essuya le visage avec le mouchoir de cotonnade rouge qu'il portait en permanence autour du cou. En quelques mots Peg fut mise au courant de leurs aventures. Josh pressa la main de Nathalie.

— Allez vous doucher. Après vous montrerez ce pied à votre tante.

Le ruissellement de l'eau sur tout son corps la ressuscita. Les élancements de sa blessure s'apaisèrent, et enfiler des vêtements propres lui procura une satisfaction quasi sensuelle.

Peg l'attendait à la cuisine en préparant une salade de fruits.

— Ah! Tu as déjà meilleure mine. Assieds-toi et montre-moi ce pied.

Son pouce présentait maintenant toutes les couleurs de l'arc-en-ciel. Une fois désinfecté, badigeonné et enduit de pommade, Peg l'entoura d'une bande de gaze avec une dextérité digne d'une infirmière diplômée.

— Grâce aux deux cow-boys qui me tiennent lieu de famille je ne manque pas d'entraînement, répondit celle-ci au commentaire admiratif de sa nièce.

En dépit de l'offre de Peg, elle refusa de regagner sa chambre et de se laisser servir à dîner au lit. Dans son état de fatigue rien ne la tentait davantage mais Josh y verrait sans doute une exigence égoïste imposée à sa tante.

Toutes deux s'attelèrent aux préparatifs du dîner en se racontant gaiement leur journée.

— Comment as-tu trouvé Maida ?

— Ravissante et sympathique. Et elle tient si bien son rôle de maîtresse de maison en l'absence de sa mère !

Peg mélangeait doucement la salade de fruits, ajoutait une goutte de kirsch.

— Une fille épatante. Elle ne demeurera pas éternellement à Pinnaroo. Si Josh ne se décide pas, un autre ne tardera pas à la lui souffler sous le nez.

Cette remarque, bien qu'elle ne la concernât pas, troubla étrangement la jeune femme.

— Clarrie Connell viendra demain me donner une première leçon d'équitation, lança-t-elle pour changer de sujet.

— Clarrie ! Prends garde que ce casse-cou ne te fasse pas prendre trop de risques.

— Rassurez-vous, ma sainte frousse des chevaux me protégera des imprudences !

— Comment va le pied ? demanda Josh.

Il achevait son petit déjeuner quand Nathalie

entra dans la cuisine. Hier soir, après les péripéties de la journée, à peine avait-elle posé la tête
sur son oreiller qu'elle sombrait dans un profond
sommeil. Dix heures plus tard tout cela paraissait bien loin. Toute émotion dissipée, ne subsis-
taient que froideur, indifférence. Josh avait
retrouvé sa superbe. Sa question ne relevait que
de la simple politesse.

— Beaucoup mieux grâce à la pommade
miraculeuse de tante Peg.

Elle disait vrai. La douleur ne se manifestait
plus que par élancements, et seulement dans
certains faux mouvements. Sa franchise lui
parut aussitôt une erreur. Quel meilleur prétexte
qu'une blessure pour échapper à l'épreuve qui
l'attendait ? Tout le monde, y compris Josh,
admettrait parfaitement que, dans ces conditions, mieux valait remettre à plus tard la leçon
d'équitation.

Le récit de Josh, le transport à dos d'homme
de Nathalie sur la piste de Naranghi, provoqua
l'hilarité de Clarrie.

— Heureusement que vous l'aviez sous la
main, bien qu'à trente ans passés ce soit un vieux
canasson un peu fatigué, lança-t-elle à la jeune
fille en esquivant la taloche que faisait mine de
lui balancer Josh.

— Disparais aux écuries plutôt que de racon-
ter des bêtises. Nick a sellé Misty pour notre
invitée.

— Allez-y, parlez-lui, faites connaissance.

La jument déjà toute harnachée s'agitait dans
son box, impatiente de retrouver de vastes
espaces où galoper crinière au vent. Au son de
leurs voix elle hennit joyeusement.

Nathalie suivit prudemment les conseils de
Clarrie. La jument se laissa flatter l'encolure,

offrir quelques morceaux de sucre dérobés sur la table du petit déjeuner. L'animal manifesta sa reconnaissance en cherchant à fourrer ses naseaux dans le cou de Nathalie qui poussa un cri, croyant qu'il s'apprêtait à brouter ses cheveux.

Clarrie, tirant la jument par la bride, sortit dans la cour des écuries.

— Vous êtes prête ?

— Euh... je suppose que oui.

— Bon. Je vous aide à monter.

L'heure de vérité ! Une appréhension glaciale s'empara de la néophyte. Elle se laissa pousser sur la selle comme un poids mort. De là-haut le sol paraissait si loin ! Et très dur... Quelques employés du ranch interrompirent leur travail pour l'observer. Nulle trace de Josh mais sans aucun doute celui-ci se tenait-il dans les parages, prêt à surgir dès qu'elle se ridiculiserait !

Misty ne manifesta aucune mauvaise humeur, excepté quelques hennissements que l'adolescente traduisit comme des signes d'amitié.

Chaque minute passée en selle redonnait confiance à Nathalie. Somme toute ce n'était pas sorcier. Une certaine exaltation la gagna à l'idée des grandes randonnées qu'elle accomplirait une fois son initiation achevée.

— Vous avez une bonne assise, Nathalie. Vous deviendrez vite une excellente cavalière.

Le compliment la flatta, venant de Clarrie. En effet, celle-ci n'était pas du genre à dissimuler le fond de sa pensée sous un vernis de convenances.

La subite apparition de Josh fit retomber l'enthousiasme de Nathalie.

— Pas mal, hein ? cria Clarrie. Tu ne crois pas que je ferais un bon maître de manège ?

— A moins que ton élève ne s'avère particulièrement douée.

Il dit cela sans quitter un instant des yeux les évolutions au petit trot de Misty et de sa cavalière. Cette dernière n'en crut pas ses oreilles !

— J'ai peine à croire que vous en soyez à votre première leçon d'équitation, s'étonna Clarrie.

— C'est pourtant vrai. J'espère bien que ce ne sera pas la dernière.

— Allons faire une petite balade, proposa la jeune Connell en détachant son propre cheval de la barrière.

Elle accepta d'emblée. Il lui tardait de lâcher les rênes à sa monture pour éprouver la griserie d'un galop.

Le rancher doucha son zèle.

— Ne brûlons pas les étapes. Je crois que ça suffit pour aujourd'hui.

A contrecœur elles se résignèrent. Personne ne discutait les suggestions de Josh.

— OK, concéda Clarrie, vous arriverez à mettre pied à terre toute seule ?

— Sans problème, fanfaronna la débutante.

Cette perspective l'inquiétait pourtant un peu mais ce n'était pas le moment de dissiper la bonne impression produite sur Josh par une pusillanimité de dernier instant.

— Attention, Josh ! Rattrapez-la si elle tombe !

D'abord, réfléchit Nathalie, de quel côté s'y prend-on ? Le gauche, décida-t-elle. Ses pieds abandonnèrent les étriers. Sa main se crispa sur le pommeau de la selle.

Puis, soudain, un bruit énorme, terrifiant. La fausse manœuvre d'un employé provoqua l'écroulement d'une montagne de fûts d'essence vides qui roulèrent en tous sens, s'entrechoquant dans un concert assourdissant. Un orchestre de percussions en folie... L'un des tonneaux termina sa course dans les pattes arrière de Misty.

Avec un hennissement de panique celle-ci bondit en avant. Par pur instinct de survie la jeune fille se cramponna au pommeau. Le cheval partit comme une flèche. Les étriers inutiles battaient ses flancs.

— Arrêtez-les !

De loin derrière, lui parvint le cri de Clarrie.

Penchée sur l'encolure de la jument emballée, elle ne distinguait pas où l'emmenait sa monture folle de terreur. Sous son regard épouvanté, le sol défilait à une allure vertigineuse, frénétiquement martelé par les sabots ferrés. Déjà Nathalie se voyait jetée à terre, sauvagement piétinée. Cette vision lui redonna la force de serrer les flancs de l'animal dans une tentative désespérée pour se maintenir en selle.

La clôture de la cour se rapprochait de seconde en seconde. Au dernier moment la jument stoppa net en se cabrant pour repartir en sens inverse. Là, la barrière était restée ouverte. Une fois les bâtiments dépassés la foulée de Misty s'allongea. Au triple galop elle emportait sa cavalière terrorisée dans une folle cavalcade que rien ne semblait devoir freiner. A chaque seconde Nathalie risquait la chute. Seule la peur de se rompre le cou la maintenait en selle. Le martèlement frénétique des sabots résonnait comme la menace mortelle de ce qui l'attendait en cas de chute.

La jument fuyait droit devant elle. Une carcasse d'arbre mort barra sa trajectoire. Misty s'enleva. Ce fut la fin. Nathalie lâcha prise. Sa chute lui parut interminable. Un choc effroyable sembla la disloquer.

Assommée, elle émergea de son hébétude au

son d'une voix qui lui semblait venir de très loin.

— Nathalie ! Nathalie !

Le galop d'un cheval se rapprocha. Sautant à bas de sa monture, Josh s'agenouilla à ses côtés, l'étreignit presque sauvagement, ses yeux la parcourant, follement inquiets.

— Comment vous sentez-vous ?

A la place de Misty, disparue au loin, se tenait le cheval de Clarrie, enfourché en toute hâte pour se lancer à sa poursuite. Des douleurs s'éveillaient, l'une après l'autre, au sortir de cette sorte d'anesthésie due à la violence du choc. Son dos l'élançait. A chaque respiration ses côtes semblaient enserrer ses poumons à l'étouffer.

— Vous auriez pu vous tuer.

La constatation prenait presque des allures de reproche.

— Je sais.

L'épouvante de cette folle cavalcade où se jouait sa vie resurgit. Bien qu'écarté, le danger, rétrospectivement, lui apparaissait plus terrifiant encore. Dans le feu du péril son esprit s'était concentré sur un seul impératif : tenir sur le dos de cette bête affolée. Une fois réfugiée dans les bras de Josh, elle craqua à l'idée de ce qui aurait pu advenir et éclata en sanglots.

Le visage enfoui contre la poitrine du jeune homme, elle se laissa aller à pleurer tout son saoul. De grosses larmes s'écrasaient sur la chemise de Josh. Des hoquets incontrôlables la secouaient tout entière. Les tensions accumulées en elle se libéraient dans ces pleurs convulsifs.

Il la berça doucement entre ses bras en murmurant tendrement des paroles qu'elle ne comprit pas. Sous l'influence apaisante de ce murmure attentif, de la chaleur de son étreinte, ses sanglots s'espacèrent. Elle renifla bruyamment et leva vers l'homme son visage maculé de poussière, strié de mèches en désordre. Josh lui tendit un mouchoir dont elle se tamponna les yeux.

— Ça va mieux ? s'enquit-il gentiment.

— Mmmm...

Encore incapable de parler, elle hocha la tête en signe d'assentiment. Un désir fou lui traversa l'esprit. En cet instant précis la chose au monde qu'elle désirait le plus était un baiser de Josh. Que ce visage viril penché vers elle se baissât pour unir ses lèvres aux siennes. Ce serait un long baiser dans lequel ils perdraient leur souffle pour faire naître une vie nouvelle. Un échange où passerait toute la tendresse de son cœur de femme, sa reconnaissance, son réconfort de le savoir là, la passion charnelle qu'il allumait en elle, qu'elle devinait en lui. Comme un coup de baguette magique l'union de leurs lèvres dissiperait aussi bien leur antagonisme passé que la peur et les bobos du présent.

Aïe ! Un élancement au pied blessé la veille la rappela à la réalité. Au lieu de l'embrasser Josh l'aida à se relever. Chacun de ses gestes révélait une délicatesse qu'elle ne soupçonnait pas. Il la soutenait comme une fragile porcelaine. Un mouvement d'appréhension échappa à la jeune fille lorsqu'elle réalisa qu'ils se dirigeaient vers le cheval de Clarrie. La seule perspective de tenter une nouvelle expérience équestre la terrorisa. Jamais elle n'en trouverait la force ! Oh, non, pas ça !

Sa crainte n'échappa pas à son compagnon.

— Nous rentrerons tous les deux sur le même cheval. Vous ne risquerez absolument rien.

Sans lui laisser le temps de protester, il la souleva comme une plume pour la poser à califourchon sur la selle. D'un bond il prit place derrière elle. Son bras enserra la taille de Nathalie, la plaquant contre son corps dur et musclé.

— Agrippez-vous fort au pommeau.

Ses doigts se crispèrent sur la selle, presque sans force mais serrant, serrant à en devenir douloureux.

Le cheval se mit au pas. Ce fut à cette allure qu'ils parcoururent le trajet accompli à l'aller à la vitesse du vent. La régularité paisible de la démarche de l'animal dénoua son appréhension. Au fil des foulées elle s'abandonna entièrement à la sauvegarde de Josh. Ce bras puissant l'étreignant devenait un anneau magique symbole de sa survie.

Toute la maisonnée les attendait dans la cour du ranch. Clarrie se précipita à leur rencontre.

— Vous voici enfin ! Je m'apprêtais à courir à votre recherche.

Josh mit pied à terre puis aida Nathalie à en faire autant. Il la confia à une tante Peg dans tous ses états.

— Mon Dieu ! Es-tu blessée ? Tout cela est ma faute. Jamais plus je ne permettrai une pareille imprudence.

Sa nièce tenta de la rassurer d'un chétif sourire.

— Plus de peur que de mal heureusement, intervint Josh. Nathalie tenait bon comme une cavalière accomplie jusqu'au moment où la trajectoire de Misty a rencontré un obstacle. Personne ne serait capable d'aborder ainsi le saut de haies seulement dix minutes après être monté en selle pour la première fois. D'où un superbe vol plané et un atterrissage heureusement sans casse.

Il se tourna vers Clarrie, une soudaine colère dans la voix.

— Quant à toi, tu es inconsciente de n'avoir pas tenu Misty en longe. Ce cheval aurait pu la tuer.

Sa violence laissa l'adolescente abasourdie. Josh lui lança la bride de sa monture avant de s'éloigner à grands pas vers les écuries.

— Ne t'en fais pas, la réconforta Peg ; il parle sous le coup de l'irritation. Allons nous remettre de nos émotions autour d'une bonne tasse de thé.

Toutes les trois s'attablèrent avec soulagement dans la cuisine. Une fois la tempête passée, l'insolente gaminerie de Clarrie reprit le dessus.

— Je n'arrive pas à croire, Nathalie, que vous montiez pour la première fois. Après seulement deux tours de manège vous parvenez à demeurer en selle sur un cheval emballé. Et cela pendant je ne sais trop combien de temps. Je n'en reviens pas !

— Je n'avais pas le choix ! Je vous garantis que si ce fichu animal avait ralenti une seule seconde je me serais laissée tomber comme un sac de noix.

Un fou rire les secoua qui dédramatisa le pénible souvenir de cette course mortelle. Décidément très en forme, Clarrie raconta une foule d'anecdotes équestres tragi-comiques. Dans sa bouche, membres rompus, corps disloqués et assiette douloureuse devenaient les aléas inévitables et somme toute divertissants de l'équitation. Si seulement elle m'avait raconté ça plus tôt, songea Nathalie, jamais je n'aurais accepté de tenter l'expérience.

A l'heure du déjeuner Josh apparut à la cuisine. Il posa la main sur l'épaule de la petite Connell.

— Désolé pour tout à l'heure. Ce n'était pas ta faute.

Pendant tout le repas, Nathalie sentit le regard scrutateur du rancher peser sur elle. Le courage de répondre à celui-ci lui manquait et la contraignait à d'acrobatiques dérobades. Elle faillit plusieurs fois tout renverser sur la table. Probablement la considérait-il comme une redoutable enquiquineuse... Exactement comme il le prévoyait avant même qu'elle arrive ici.

— Règle numéro un, annonça Clarrie avec la solennité d'un vieux professeur, ne jamais rester sur une chute. Dès que possible remettez-vous en selle.

Une perspective qui n'enchantait pas du tout la citadine.

— Euh... Je ne me crois pas très douée...

— Quoi ? Tout le monde se casse la figure. Généralement Misty est douce comme un agneau. Avec le tintamarre de cette avalanche de bidons, n'importe quel cheval se serait emballé, même Apocalypse.

— Apocalypse ? demanda Nathalie intriguée par un patronyme aussi bizarre.

— Il a été ainsi baptisé par l'éleveur qui nous l'a vendu, expliqua Clarrie. Cela m'a pris plus d'une année pour le dresser. Au début il ne supportait même pas que je lui flatte l'encolure. Maintenant nous nous adorons. C'est comme avec les humains : on commence par s'affronter comme des coqs pour finir dans les bras l'un de l'autre.

Aucun sous-entendu n'étayait cette affirmation. L'univers naïvement simple dans lequel elle évoluait ignorait ce genre de subtilités. Pour sa part Nathalie s'opposait catégoriquement à une telle assertion. En ce qui concernait Josh et elle, par exemple...

Cherchant à conforter sa conviction elle jeta un coup d'œil vers lui. Il l'observait aussi. Avant de rompre ce contact troublant, elle perçut au coin de ses lèvres un sourire de cynisme amusé devant le dénouement de conte de fées imaginé par la jeunesse inexpérimentée de Clarrie.

Chapitre cinq

Le lendemain matin les pronostics de Peg se
révélèrent exacts. Nathalie se réveilla raide
comme une planche. Du creux de la nuque à
l'ongle de son orteil blessé, chaque centimètre
carré de sa chair rappelait sa présence dans une
gamme infinie de douleurs cuisantes, piquantes,
profondes ou superficielles.

La simple opération de s'extraire du lit exigea
plusieurs minutes. Une douche brûlante dénoua
heureusement quelques muscles, ce qui lui per-
mit d'éviter de faire son entrée dans la cuisine
pliée en deux.

Le regard de commisération de sa tante perça
à jour sa nonchalance affectée.

— Bonjour. Désolée de me réveiller si tard,
murmura Nathalie embarrassée.

Si ses courbatures apitoyaient Peg et son mari,
à en juger par son grand sourire, elles divertis-
saient leur fils au plus haut point. Disparu, le
regard anxieux d'hier alors qu'il la recueillait
dans ses bras. D'ailleurs sans doute l'avait-elle
imaginé. Cela lui ressemblait si peu !

— Pourquoi t'es-tu levée ? s'étonna Peg,
quand on prend des vacances on ne se réveille
pas si tôt.

— Je n'aime pas l'idée de paresser au lit alors

que tout le monde travaille. Je peux sûrement vous aider d'une manière ou d'une autre.

Elle défia Josh du regard. A lui d'émettre une suggestion. Probablement proposerait-il intentionnellement une tâche dont il la jugeait incapable. Eh bien ! qu'il essaie !

Elle lui montrerait de quel bois elle se chauffait.

Peg l'interpella avant qu'il n'échafaude quelque projet sadique.

— Nathalie a étudié le secrétariat, Josh. Pourquoi n'en profiterais-tu pas ? Elle pourrait t'aider à mettre un peu d'ordre dans tes papiers. Tu te plains toujours de ne pas avoir une minute à y consacrer.

Il hocha la tête en la regardant de cet air incrédule qui l'exaspérait.

— Si cela peut vous éviter de vous casser le cou en jouant les cascadeuses à cheval... Je suppose que vous dactylographiez à une vitesse normale ?

— Inquiétez-vous plutôt de dicter sans bredouiller, lui renvoya-t-elle.

Andrew lui adressa un sourire chaleureux.

— Un coup de main de votre part nous serait rudement utile. Il reste encore toutes ces factures de vétérinaire à vérifier. Je vous avouerai que c'est un boulot assommant.

Tante Peg, un peu effrayée par la tournure que prenait sa proposition, bondit pour la défendre.

— Une minute, là ! Pas question de transformer ma nièce en bête de somme. De vous décharger sur elle des travaux ingrats. N'oubliez pas qu'elle se trouve ici en vacances.

Josh se leva de sa chaise.

— Si vous en avez assez, dites-le sans vous gêner. Je vous attends à mon bureau dès que vous aurez terminé votre petit déjeuner.

Ce qu'il appelait son bureau se révéla un bric-à-brac sans nom. Un bureau ancien à cylindre, d'un bel acajou foncé, n'alliait pas la moindre qualité fonctionnelle à son charme. Les deux armoires métalliques s'ouvraient sur des rangées de dossiers suspendus, certains gonflés au point de déverser leur contenu par les extrémités, d'autres apparemment vides. Une machine à écrire attendait sur une table en retrait. Mais, comble d'horreur, la pièce croulait sous les papiers. De la paperasse en réalité. Partout. Une jungle. Une sorte de végétation proliférante qui envahissait la moindre surface libre : tables, chaises, dessus d'armoires.

Cette vision de chaos original faillit décourager la bonne volonté de Nathalie. Aucun travail efficace ne pouvait se concevoir dans de telles conditions. Immanquablement elle coulerait à pic ; après quoi il aurait beau jeu de l'accabler de reproches. Sur le point d'abandonner devant ce désordre d'apocalypse elle imagina, comme un rêve impossible, ce que donnerait tout cela une fois rangé. La perspective la stimula. Qu'il le veuille ou non, elle y parviendrait. Une fois le travail accompli, il lui en serait reconnaissant.

Josh pivota sur son fauteuil de bureau. Il contemplait sur le seuil de la porte cette apparition ravissante, si fragile et féminine.

— Asseyez-vous. Je dispose de peu de temps à vous consacrer.

Son manque de chaleur ne l'impressionna pas. Mais sa virilité, si. Il suffisait qu'elle se retrouve face à lui pour que le même trouble la parcourût, dans un frémissement de tout son être. Ces yeux verts posés sur elle perturbaient son précaire équilibre. Il en émanait une autorité qui mettait en péril sa propre détermination. A certains moments ils semblaient détenir un pouvoir presque hypnotique.

Elle approcha une chaise du bureau tout en prenant bien soin de maintenir entre eux une zone démilitarisée... A cette distance elle distinguait plus nettement les traits de son employeur improvisé.

Chacun l'attirait. L'arête légèrement busquée du nez évoquait, surtout ajoutée à ce fascinant regard, le bec d'un épervier. Le long de chaque joue, dès que Josh souriait, un profond sillon se creusait, souvenir d'une lointaine fossette d'enfant. A ces rares moments tout son visage se transformait. Sa séduction sévère se muait en charme dévastateur. Le menton carré perdait son arrogance pour exprimer une énergie à laquelle Nathalie se savait particulièrement sensible.

— Il faut que je vous trouve de quoi écrire.

Contrairement à ce qu'on aurait pu imaginer devant cet Himalaya de papier, cela ne se révéla pas chose aisée. Un bloc-notes aux trois quarts entamé duquel il arracha les premières pages fit l'affaire. Une chope à bière contenait un assortiment de stylos. Les quatre premiers qu'il lui proposa ne fonctionnaient pas. On dut se rabattre sur un crayon à la mine passablement émoussée.

Il se cala dans son fauteuil, jambes tendues devant lui. Ses bottes éculées touchaient presque les pieds délicats aux ongles carminés de Nathalie. Elle les replia prudemment sous sa chaise.

— La première lettre concerne la Direction régionale des impôts, annonça-t-il le front soucieux, réfléchissant aux termes du document.

Du bout de son crayon Nathalie tapota impatiemment son bloc. Probablement était-ce la première fois qu'il dictait. Cela lui vaudrait quelques sérieux bafouillages. Son embarras la réjouissait d'avance. Pour une fois qu'on intervertissait les rôles ! A sa grande surprise il s'en tira beaucoup mieux que prévu. Une heure durant il enchaîna lettre sur lettre à un rythme croissant.

— Ce sera tout pour aujourd'hui, conclut-il enfin. Pouvez-vous les taper pour ce soir ?

Cette hâte soudaine intrigua la jeune fille.

— Je crois me souvenir, vous avez suffisamment insisté là-dessus, que le service postal ne repasse pas avant la semaine prochaine.

— Oui mais je vous en donnerai autant à taper demain avant d'attaquer la comptabilité. Le boulot ne manque pas.

Nathalie estima le moment venu de se rebiffer. Travailler pour travailler, elle préférait choisir sa tâche. Dactylographier des lettres n'était pas la plus passionnante.

— A mon avis la priorité réside dans le classement.

Les sourcils de Josh se haussèrent ; de toute évidence il n'en percevait pas l'utilité.

— Que voulez-vous classer ?

Nathalie tendit un doigt accusateur en direction du bureau.

— Regardez un peu le désordre qui règne là-dessus. Une chatte n'y retrouverait pas ses petits.

Son regard allait de la jeune femme à la table de travail, oscillant entre l'amusement et l'exaspération.

— Allez-y si ça vous chante, concéda-t-il. On verra si vous êtes plus douée qu'une chatte, ajouta Josh avec un sourire fugitif, du genre de ceux qu'il réservait à Maida Connell et à Peg.

— Je ne voudrais pas, en classant vos papiers,

me montrer involontairement indiscrète, s'inquiéta Nathalie.

— Rien de top secret dans tout cela. Je ne conserve pas mes lettres d'amour dans mon bureau.

Cette allusion à sa vie privée étonnait. Certes, on imaginait aisément son succès auprès des femmes, voire leur folle passion pour cet homme. Mais rien dans son attitude si sèchement hostile n'indiquait qu'il fût capable d'écrire de telles lettres. Si l'amour un jour s'épanouissait en lui, il aurait la force d'un torrent, pareil à ces cataractes furieuses que laisse échapper un barrage rompu et qui balaient tout sur leur passage.

Josh rejeta la règle en bois avec laquelle il se tapotait le menton.

Debout, il dominait de toute sa hauteur Nathalie assise sur sa chaise. Il se tenait légèrement déhanché, son poids reposant sur la jambe gauche, l'autre pliée, comme s'il attendait quelque chose. Elle repoussa son siège pour se lever.

— Bon, eh bien je m'y mets tout de suite.

Entre elle et la machine à écrire Josh lui barrait le passage. Même debout elle ne parvenait à croiser son regard qu'en levant la tête. Sa présence irradiait une telle autorité qu'elle n'osa pas le contourner.

De grandes mains la saisirent aux épaules. Les yeux verts n'étaient plus que de minces fentes dans lesquelles brillait une lueur qu'elle reconnut pour du désir. Au travers de la fine étoffe de son chemisier elle perçut la crispation des doigts sur sa chair. D'une pression continue, sans violence, il l'attira jusqu'à ce que, déséquilibrée, elle basculât contre sa poitrine. Ses bras se refermèrent si fort autour d'elle qu'elle crut en perdre le souffle. A moins que son cœur n'eût quelques ratés à cause de ce contact étroit qui les soudait l'un à l'autre.

Toute sa raison prévenait Nathalie du danger que représentait ce rancher si sûr de lui, à l'ascendant irrésistible. Des protestations prêtes à fuser se bousculaient dans son esprit. Pour qui se prenait-il, ce cow-boy arrogant ? Elle n'allait tout de même pas lui tomber dans les bras sans résistance ! Pourtant, elle ne dit mot. Ses lèvres entrouvertes appelaient un baiser.

Le visage de Josh se pencha vers elle, si près qu'elle perçut la chaleur de son souffle sur son visage. Elle ferma les yeux afin que rien ne vienne la distraire du goût qu'elle découvrirait sur ses lèvres.

— Plus tôt vous partirez, mieux cela vaudra.

En prononçant ces paroles il desserra son étreinte si brusquement qu'elle vacilla. La voix de Josh cingla Nathalie comme un fouet. Ouvrant les yeux, elle crut un instant émerger d'un rêve enchanteur dans lequel un Josh apprivoisé lui témoignait son amour. Pétrifiée, elle restait là, immobile. La porte du bureau claqua violemment derrière lui.

Décidément, quelle énigme que cet homme ! Elle se passa la main sur le visage comme pour en effacer le souvenir. Un ange gardien veillait sans doute sur sa vertu : que serait-il advenu sans cette brusque volte-face ? Mieux valait ne pas trop y penser...

Sans plus tarder elle s'attaqua à la remise en ordre du bureau. Un sérieux coup de plumeau éparpilla l'épaisse couche de poussière qui nappait meubles et dossiers. Peg la surprit en pleine action.

— Tu n'as pas froid aux yeux de t'attaquer à ce désordre. Personnellement le courage m'en a toujours manqué. Déjà du temps de mon mari, avant qu'il ne confie l'administration à Josh, cela ne valait guère mieux.

— Oh! ce n'est pas aussi terrible que ça en a l'air, la rassura sa nièce.

De toute la journée elle ne mit pratiquement pas le nez dehors. La principale difficulté résidait dans son ignorance des affaires dont traitaient les documents à classer. Beaucoup d'entre eux n'offraient, à première vue, aucun intérêt justifiant leur archivage. Néanmoins elle n'osait les détruire de peur de commettre une gaffe qui ruinerait ses efforts pour prouver qu'elle était autre chose qu'une fleur de salon. Josh ne se priverait pas de commentaires fielleux : ainsi, même lorsqu'on lui confiait un travail qu'elle prétendait connaître, elle trouvait le moyen de provoquer une catastrophe !

Les hommes ne rentrèrent pas déjeuner. Les deux femmes en profitèrent pour bavarder calmement autour d'une omelette et d'un morceau de fromage. La vie de sa sœur, si opposée à la sienne, fascinait Peg. La description qu'en brossait avec humour Nathalie faisait ses délices.

Autour de la table du dîner il ne fut pas question des activités de la jeune fille jusqu'à ce que Peg aborde ostensiblement le sujet.

— Vous avez abattu un sacré travail, concéda Josh.

Cette simple constatation, décida Nathalie, dans la bouche de celui-ci, prenait valeur de compliment. Elle rougit légèrement.

— J'espère que vous retrouverez tous vos papiers.

— Moi aussi.

— Ça allait pour les lettres ?

— Parfait, merci.

Ses réponses laconiques ne constituaient pas

un encouragement très stimulant. En revanche, l'absence de critiques la soulageait.

— Quel dommage que nous ne puissions pas engager cette perle à l'année, plaisanta Peg.

— Je doute que les conditions de vie au ranch lui conviennent jamais, remarqua Josh.

Oncle Andrew intervint à son tour avec bienveillance.

— Je suis sûr que Nathalie s'adapterait à n'importe quelle situation si le besoin s'en faisait sentir.

Cette dernière le remercia de son sourire le plus charmeur. La confiance qu'il lui manifestait la réconfortait. Au moins il lui accordait le bénéfice du doute !

Le lendemain, en fin de matinée, Clarrie réapparut, nullement découragée par la dramatique équipée de l'avant-veille. Elle s'apprêtait à reprendre son rôle de monitrice d'équitation.

— Si vous ne vous remettez pas en selle tout de suite, insista-t-elle, vous n'en trouverez jamais plus le courage.

La seule idée d'approcher un cheval glaçait Nathalie, ce qu'évidemment elle n'osait avouer. Son manque d'enthousiasme n'échappa pas à Peg.

— Laisse-lui le temps de se remettre. La pauvre est encore toute courbatue.

Tandis que chacune défendait son point de vue, Josh fit irruption dans la cuisine. Sans doute travaillait-il dehors, torse nu. Sa chemise hâtivement enfilée à la façon d'un gilet déboutonné révélait son torse hâlé. Une fine pellicule de transpiration huilait la peau qu'ombrageait une toison sombre. Un frémissement parcourut Nathalie tandis qu'il lui lançait un regard pénétrant. Depuis hier il ne pouvait plus ignorer l'attraction physique qu'il exerçait sur elle et paraissait décidé à en jouer. Sans autre raison que celle de manifester son pouvoir, de la soumettre.

— Que se passe-t-il? A propos de quoi vous disputez-vous? demanda le jeune homme en s'installant à califourchon sur une chaise, les bras croisés sur le dossier.

— Je cherche à convaincre Nathalie de remonter à cheval, expliqua Clarrie.

— Elle manque un peu d'entraînement physique, non?

Nathalie se récria.

— A votre place, reprit Josh, je m'abstiendrais. D'ailleurs vous n'y tenez sans doute pas tellement.

L'allusion à peine voilée à une dérobade la piqua au vif.

— Au contraire. Ma première expérience me donne envie de recommencer. Et si je tombe à nouveau, tant pis. Ce n'est pas si terrible.

— Bravo! approuva l'adolescente.

La jeune femme se leva d'un air décidé.

— Ne perdons pas de temps. J'enfile un jean et j'arrive.

A son retour seule Peg se tenait dans la cuisine. Probablement les autres se trouvaient-ils déjà aux écuries.

— Ne commets pas d'imprudences, ma petite fille, l'admonesta sa tante. Je ne voudrais pas que tu rentres chez toi en pièces détachées.

— Je ne retournerai pas à Sydney.

S'entendre annoncer cette décision l'étonna elle-même autant qu'elle stupéfia Peg. Jamais une telle idée ne l'avait effleurée et voici qu'elle s'imposait avec la force d'une évidence. Ce n'étaient pas tant les quelques centaines de kilomètres qui séparaient Naranghi de la métropole à laquelle la rattachaient son éducation, sa famille, ses souvenirs que tout un mode de vie. Son passé se dissolvait dans l'immensité de la prairie. Depuis son arrivée ici, elle ressentait l'impression que sa frivolité d'autrefois, l'inanité d'une vie vouée au plaisir et aux obligations mondaines la quittaient, se détachaient d'elle comme l'enveloppe d'un animal qui mue. Elle sortait éblouie de son cocon, comme purifiée. Lavée de l'inutile par ce désert brûlé. De nouvelles valeurs, une autre vie, encore confuses dans son esprit, l'attendaient.

— Mais alors où iras-tu ? s'exclama tante Peg. Après tout, n'avait-elle pas agi de manière identique au même âge ?

— Je ne sais pas... peut-être à Melbourne ou à l'étranger. J'aimerais voyager, à moins que je ne trouve du travail. J'y réfléchirai. De toute façon je vous quitterai probablement au prochain passage du facteur.

— Déjà !

Le désappointement de Peg paraissait parfaitement sincère. Nathalie en éprouva du remords. Probablement la sœur de sa mère mettrait-elle ce départ précipité sur le compte d'un refus de s'adapter aux rudes conditions de vie du ranch. Josh, sûrement, n'y manquerait pas !

— Je ne sais comment vous remercier de votre gentillesse à mon égard. Grâce à votre hospitalité, je vois aujourd'hui plus clair en moi-même. Et j'ai découvert ce qu'était votre existence dans la prairie. Qui sait si un jour elle ne deviendra pas mienne également ? Cela me plairait assez.

La même émotion les gagna toutes deux. Poussée par une affection spontanée, la jeune fille embrassa sa tante.

— Nathalie ! Où êtes-vous ? Venez !

L'appel de Clarrie précipita leurs effusions.

— Je me dépêche, sinon elle croira que je fais machine arrière !

Heureusement la seconde leçon se déroula mieux que la première.

Les premiers instants d'appréhension passés, elle éprouva à nouveau cette merveilleuse sensation de liberté. Misty répondait docilement à ses moindres sollicitations, s'arrêtant, repartant vers la droite ou la gauche selon sa volonté. A force de tourner en rond au bout d'une longe tenue par Clarrie, la cour de l'écurie évoquait pour elle celle d'une prison. Il lui tardait de se lancer à nouveau dans un galop échevelé qui effacerait la mésaventure de l'avant-veille.

Pleinement satisfaite de ses progrès, Clarrie proposa une promenade à son élève.

— Allons rendre visite à Josh pour l'épater un peu. Il travaille près du barrage.

La perspective d'un nouvel affrontement n'enthousiasmait pas la cavalière novice. Sa réserve n'échappa pas à la jeune Connell.

— Ne vous laissez pas impressionner par l'agressivité de Josh. Il garde une dent contre « les femmes de la ville », comme il dit, à cause de l'épouse de son frère David.

Le mariage de David, bien que Nathalie en eût connaissance, demeurait néanmoins un sujet mystérieux que la famille n'abordait que de manière très évasive.

— Et pourquoi donc ? interrogea-t-elle.

Clarrie se montra en veine de confidence.

— En y repensant ça ne pouvait pas marcher. Depuis le début le jeu était faussé. Ils s'étaient rencontrés à Melbourne où Kerry travaillait comme mannequin. C'était une fille d'une beauté fantastique, à couper le souffle. Le pauvre David en est tombé éperdument amoureux au premier regard. En acceptant de l'épouser, elle imaginait la vie du domaine à Naranghi de manière très romanesque, un peu comme celle de Tara dans *Autant en emporte le vent*. La réalité la déçut terriblement. Elle voulait à tout prix que David s'installe à Melbourne. Les disputes n'arrêtaient pas. Et puis un beau jour elle a bel et bien filé. Quelques mois plus tard il se tuait.

— Un suicide !

Clarrie se mordit la lèvre, un peu embarrassée par sa révélation.

— Nous prétendons tous qu'il s'agit d'un accident. Moi je suis sûre que la maladie de Peg provient du chagrin qu'elle a ressenti, qu'elle éprouve encore.

Nathalie ne sut que répondre, abasourdie par une telle tragédie.

— Surtout que personne ne sache que je vous ai raconté tout cela, s'empressa d'ajouter Clarrie. Bien qu'en réalité vous ne lui ressembliez pas du tout, Josh vous assimile sans doute à Kerry du seul fait que vous venez de la ville où vous meniez sensiblement la même vie qu'elle. Comme, en plus, il a une conception très personnelle des droits et des devoirs de la femme, ne vous étonnez pas trop de son attitude.

Pour la première fois, l'occasion se présentait d'en apprendre un peu plus long sur les véritables raisons de l'animosité de Josh à son égard. Elle décida de ne pas la laisser échapper.

— Il ne donne pas l'impression de les tenir en haute estime.

— Oh, si ! A condition qu'elles abattent autant de travail qu'un homme tout en reconnaissant son autorité de seigneur et maître !

C'était à peu de chose près ce qu'elle avait cru comprendre.

— Et Maida correspond à cette définition ?

L'adolescente haussa les épaules.

— Elle a son caractère. Nous attendons tous qu'il la demande en mariage. Mais il semble décidé à prendre tout son temps.

Elle se tut un instant avant d'ajouter :

— Vous ne le trouvez pas incroyablement séduisant ?

Bien qu'elle posât la question en toute innocence, Nathalie évita soigneusement de se compromettre.

— L'attrait physique ne suffit pas.

Cette sage pensée laissa Clarrie sur sa faim.

— S'il ne se dépêche pas, un autre lui soufflera ma sœur. Vince Wrightson vient la voir plus souvent que lui et je sais qu'il ne lui déplaît pas. Le plus déçu dans l'affaire serait mon père.

— Pourquoi ? Il n'aime pas Vince ?

— Il le tolère mais préfère Josh. Il compte sur son appui pour gérer Pinnaroo jusqu'à ce que Daniel atteigne l'âge de s'en charger. Un mariage où l'on joindrait l'utile à l'agréable, quoi !

— Je comprends, acquiesça pensivement Nathalie.

Leurs deux chevaux avançaient de front, au pas. Ce qu'elle venait d'apprendre fortifia Nathalie dans sa résolution de partir dès que possible.

— Regardez, le voici !

A quelques centaines de mètres devant elles se profilait la haute silhouette du rancher. Il arpentait la digue du barrage. A cette époque de l'année, l'eau accumulée au cours de la saison des pluies s'évaporait rapidement. La nappe liquide s'étalait, scintillante sous le soleil dont les rayons se brisaient en mille éclats à la surface. Les parois à découvert de la berge cimentée témoignaient des précieuses réserves envolées.

— Gare à ne pas tomber amoureuse !

L'avertissement de Clarrie oscillait entre le sérieux et la blague.

— Il vous briserait le cœur sans même s'en rendre compte.

Josh les accueillit les mains sur les hanches, le chapeau rejeté en arrière. Des chiens se précipitèrent joyeusement à leur rencontre. D'un ordre bref, il les rappela.

— Elle se débrouille comme un chef, annonça Clarrie triomphante.

Il hocha la tête, impassible. C'est vrai qu'il est beau, reconnut Nathalie. Dangereusement beau. A vous inciter à commettre toutes les folies. Une bouffée de chaleur embrasa ses joues.

Chapitre six

Plus qu'une journée...

Dans l'aube naissante qui filtrait par les interstices des rideaux, Nathalie, complètement réveillée, s'interrogeait sur les dernières heures qu'il lui restait à passer à Naranghi.

Demain, en fin de matinée, l'avertisseur rauque de la fourgonnette annoncerait l'arrivée du facteur. Après les adieux et embrassades de tante Peg, elle repartirait dans la vieille machine hoquetante vers cette civilisation où l'attendaient tous ses problèmes estompés l'espace de son court séjour ici. Mais la seule idée du départ prochain les raviva.

Sa tristesse provenait-elle de cette résurgence de sa vie passée ou de la séparation d'avec le ranch et ses habitants ? Pourtant on ne s'attache pas aussi vite à un coin de terre et à des inconnus, raisonna-t-elle. A plus forte raison si l'un d'entre eux souhaite ouvertement votre départ. Changer radicalement d'existence ne constituait pas une décision facile à prendre. Ses projets annoncés l'autre jour à sa tante équivalaient à un plongeon dans l'inconnu. Quoi de plus compréhensible que cette angoisse diffuse ?

Sans trop se presser elle se leva. Les aboiements des chiens au-dehors saluaient l'éveil de la maisonnée. A son entrée dans la cuisine, une discussion animée opposait Peg et son beau-fils. Celui-ci la parcourut de ce regard qui lui donnait la sensation que le jean le plus épais, la blouse la plus opaque se transformait en voile transparent. La conversation s'interrompit. Dans les regards fuyants et la gaucherie de certains gestes, elle sut reconnaître la détermination de lui cacher une dispute. Mais ils ne parvinrent pas à feindre bien longtemps.

— Je partage entièrement l'avis de papa : tu dois y aller, Peg.

Josh martelait la table du poing pour donner plus de force à ses paroles.

— Pas question de partir avant la fin de l'époque de la tonte.

Peg s'exprimait de manière tout aussi catégorique.

— D'ailleurs je me sens en pleine forme.

— Et une fois la tonte achevée tu trouveras un autre prétexte pour retarder l'échéance.

Un peu gênée de s'immiscer dans leurs problèmes intimes, Nathalie s'affairait à préparer sa tasse de thé, tâchant de se faire toute petite. Sa présence incita sa tante à la prendre pour témoin.

— Josh et mon mari cherchent à me persuader de partir pour Melbourne avec toi afin d'y subir un examen médical. Tout ça sous le prétexte qu'il m'arrive de me sentir parfois un peu fatiguée.

— Tu te surmènes. Et je te rappelle qu'une alerte grave s'est déjà produite.

Ce reproche — le surmenage — atteignit Nathalie de plein fouet. Bien sûr, Josh s'adressait directement à elle en disant cela. Elle, Nathalie, qui par sa seule présence accablait sa pauvre tante de responsabilités supplémentaires.

Les plis qui barraient le front du jeune homme, ses sourcils froncés, témoignaient de la préoccupation que lui causait la santé de sa belle-mère. La pudeur naturelle dissimulée sous les arêtes vives d'un caractère entier le dissuadait le plus souvent de se laisser aller à toute sentimentalité. Pourtant, parfois son cœur parlait sans réserve ni calcul, découvrant une sensibilité profonde. Mais il fallait pour cela qu'un événement insolite intervînt : son inquiétude pour tante Peg, par exemple, celle manifestée lors de la chute de cheval de Nathalie, son... attrait pour Maida. Il aimait ou rejetait en bloc. Sa personnalité ne s'accommodait d'aucune tiédeur.

Le sourire décoché à Nathalie, la veille au soir, lorsque Peg avait annoncé le prochain départ de sa nièce saluait sa propre intuition et sa prédiction du premier jour : « Vous ne tiendrez pas plus d'une semaine. » Une fois le message transmis, Josh avait condescendu à se mêler à la conversation générale. Mais il paraissait évident qu'il considérait l'éloignement de la jeune fille comme une victoire personnelle. Ainsi se trouvait confirmé son jugement sur les oisives de la haute société de Sydney... Malgré son agacement devant une telle attitude Nathalie préférait partir. D'ailleurs, peu importait le temps qu'elle passerait ici, y resterait-elle six mois qu'il ne changerait pas d'avis et persisterait à la considérer comme une évaporée indigne d'intérêt !

— Tu continues à réparer les clôtures aujourd'hui ? demanda Peg.

Les préoccupations immédiates de l'exploitation reprirent le dessus. On abandonna le sujet épineux.

— Oui, il reste encore pas mal de travail de ce côté-là. J'y passerai la journée.

— Dans ce cas, je te préparerai un déjeuner à emporter.

Le départ de Josh détendit l'atmosphère. Sa présence provoquait chez elle une tension qu'elle ne parvenait pas à contrôler. Chacun de ses regards lui faisait perdre la maîtrise de ses gestes et la faisait parfois bredouiller. Mais l'hostilité de son... cousin n'expliquait pas tout. Un message fugace, qu'elle hésitait à interpréter, transparaissait en filigrane à chacune de leurs rencontres.

Le déjeuner de Josh consistait en de solides sandwiches au rosbif que Nathalie aida sa tante à confectionner. Mais, quand elle voulut les remettre au jeune homme, la Jeep ne se trouvait déjà plus à sa place habituelle, sous l'auvent de branches séchées qui l'abritait du soleil.

— Si c'est Josh que vous cherchez voilà cinq minutes qu'il est parti, l'avertit Nick Curtis, un des employés du ranch qui passait par là.

— Zut alors! s'exclama la jeune fille, il a oublié de prendre son déjeuner.

— Partir sans provisions, ça ne lui ressemble pas! Faut croire qu'il était rudement préoccupé.

— Maintenant il perdra du temps à revenir le chercher.

Nul besoin d'être extralucide pour deviner que cela n'améliorerait pas son humeur. D'ores et déjà, le dîner de ce soir s'annonçait orageux. Il trouverait certainement le moyen de faire supporter à Nathalie les conséquences de son oubli.

— A moins qu'il ne jeûne ou alors, suggéra Nick avec un petit sourire, que vous vous chargiez de le lui apporter.

— Moi?

— Prenez Misty, maintenant que vous montez comme un vrai cow-boy.

La proposition la prit de court.

— Je n'oserai jamais me lancer toute seule.

— Allez, il ne vous arrivera rien. Elle ne bronchera pas, je vous le garantis.

Les assurances de Nick ne la convainquaient qu'à moitié. Elle le soupçonnait de la mettre au défi de prouver son intrépidité. En revanche la stupeur de Josh en la voyant débouler au grand galop valait la peine de courir le risque.

— Eh bien d'accord !

Une fois la jument sellée, Nick lui expliqua l'itinéraire à suivre. Il suffisait de longer une piste facilement repérable. La sacoche contenant les sandwiches accrochée à l'arçon de la selle, elle pressa les flancs de Misty des genoux et des talons.

— En avant, ma belle, murmura-t-elle penchée sur l'encolure de la jument.

La tête de l'animal encensa. Il démarra d'un petit trot régulier, sans doute heureux de cette occasion inespérée de promenade.

Tandis qu'elle chevauchait à l'allure régulière de sa monture qui répondait docilement à chacune de ses sollicitations, Nathalie reprenait confiance. Libérée de la crainte d'une nouvelle chute, elle savourait la caresse du soleil sur sa peau. L'espace sans limites qui l'entourait soulevait en elle d'irrésistibles pulsions de liberté, d'évasion. Plus d'une fois elle résista à la tentation de lancer Misty dans un galop effréné jusqu'à la barrière mythique que traçait l'horizon bleuté.

La Jeep était garée sous un bouquet d'eucalyptus.

Plus loin Josh, torse nu, tendait des fils de fer entre les piquets d'une clôture. Au son des sabots sur la terre sèche il se retourna, une main en visière au-dessus de ses yeux. Parvenue à sa hauteur la jument s'arrêta de sa propre autorité pour brouter les maigres touffes d'herbes jaunes qui parsemaient le sol.

— Nathalie ! Vous êtes seule ?

Ainsi qu'elle l'avait prévu, sa stupéfaction la ravit.

— Je vous apporte votre déjeuner.

Il s'agissait de paraître la plus détendue possible. En descendant de sa monture elle posa le pied sur une grosse pierre qui la déséquilibra. Aussitôt Josh se porta à son secours avec un empressement que la situation ne justifiait pas réellement.

— Je m'étonne que votre tante vous ait laissée partir comme cela.

— Elle n'en sait rien. Je me suis bien gardée de la prévenir, avoua la jeune fille d'un air mutin.

— Peg prépare toujours de quoi nourrir un régiment, constata-t-il en explorant le contenu du sac de provisions. Vous m'aiderez à en venir à bout.

Cette invitation à déjeuner n'était pas prévue au programme.

— Il vaudrait mieux que je rentre, sinon ils croiront sûrement à un accident.

— Vous repartirez dans vingt minutes.

Sans attendre sa réponse il déballa les provisions et lui tendit un sandwich.

Pour une fois son compagnon se montrait parfaitement détendu en sa présence. Assis côte à côte par terre, appuyés contre le tronc d'un arbre mort, ils se reposaient chacun de leurs efforts de la matinée.

— Alors vous partez demain.

Elle ne sut s'il s'agissait d'une question ou d'une constatation.

— Oui.

Il se tenait les jambes repliées, les avant-bras posés sur les genoux, un gobelet de thé tenu nonchalamment du bout des doigts. A l'observer attentivement on devinait sur le visage buriné, au détour d'une expression, dans la chaleur d'un sourire ou l'éclat d'un regard, les marques d'une sensibilité étroitement contrôlée.

— Après une semaine vous en avez déjà assez. Cette interprétation hâtive mit fin à la trêve.

— Certainement pas. Je m'en vais parce que vous ne m'offrez pas d'autre possibilité. Depuis le premier jour vous cherchez à me chasser. Et n'invoquez pas le prétexte de la fatigue de tante Peg ! La seule raison est que vous ne supportez pas les citadines.

Elle se retint in extremis d'ajouter que ces dernières ne ressemblaient pas forcément à Kerry.

— Vous n'avez pas tort. Je ne me suis pas montré très accueillant.

Il abandonna son gobelet pour poser la main sur le genou de Nathalie.

— Si cela peut vous faire plaisir, ajouta-t-il, je reconnais volontiers mon erreur de jugement.

Le contact de cette main irradiait tout son être. Il ne l'ôta que pour passer le bras autour des épaules de la jeune femme. Sans qu'il ait besoin de l'attirer elle se laissa glisser contre lui. Il y avait un tel naturel dans cet abandon qu'il ne pouvait être mis au compte du désir. Avec un peu de mauvaise foi ou beaucoup d'imagination chacun pouvait encore l'interpréter comme une de ces familiarités que permet une vieille camaraderie.

Heureusement, Josh avait enfilé sa chemise

après son arrivée, songea Nathalie. Elle frissonna à l'idée du contact de leurs corps nus. Serrée contre lui, elle ne voyait de sa chair qu'un long triangle de peau brunie révélé par son encolure échancrée. Le parfum si particulier de cet homme l'enivrait, lui suggérait de romanesques aventures.

Ce simple rapprochement la comblait. En d'autres circonstances le fourmillement qui gagnait sa jambe bizarrement repliée, écrasée sous son propre poids, eût été désagréable. Là, rien au monde ne la déciderait à bouger un cil, de crainte que le moindre mouvement ne rompît l'enchantement. Le temps n'existait plus, ni la chaleur ou la dureté du sol. Ces instants repoussaient son départ imminent dans un lointain nébuleux.

Les doigts de Josh se glissèrent sous ses cheveux. En un lent mouvement régulier ils massèrent la nuque fragile, déclenchant un frisson qui dévala le long de son dos pour se perdre dans les reins. La caresse se transformait en supplice. Incapable de supporter plus longtemps ce délice, elle plia la nuque en arrière, immobilisant les doigts qui lui infligeaient cette exquise torture. Par ce simple mouvement elle s'offrit à celui que tout son corps appelait.

La tête renversée au creux du bras de Josh, elle succomba à l'attraction inexorable qui les poussait l'un vers l'autre. Les yeux verts ne la scrutaient pas avec ce glacial cynisme qui d'ordinaire la crucifiait sans pitié. Rivés aux siens, ils disaient la tendresse mais aussi la possession égoïste. Un homme de sa trempe ne partageait sa proie avec nul autre prédateur !

Très lentement le visage de Josh s'approchait. Un moment elle crut qu'il scellerait d'un baiser ses lèvres entrouvertes, avides des siennes.

Comme arrêté par un dernier scrupule il ne fit qu'en effleurer la commissure, balaya sa tempe de sa bouche brûlante. Ce n'était plus un baiser mais un merveilleux voyage au cours duquel ses lèvres tracèrent un passage frissonnant de ses paupières closes aux lobes tendres de ses oreilles pour redescendre le long de son cou docilement ployé.

Tout ce qu'elle prêtait de brutalité à Josh, d'arrogance à son égard, disparaissait dans ses attentions d'amant passionné. Qu'il eût cherché à la contraindre de se plier à son désir, elle l'aurait repoussé toutes griffes dehors. Là ils se trouvaient à égalité. Chacun devinait l'émotion de l'autre, devançait ses intentions encore secrètes.

Enfin leurs bouches se trouvèrent. Les paupières de Nathalie s'abaissèrent. Josh avait recueilli son visage dans la coupe de ses paumes réunies. Une douce tiédeur enveloppait ses joues. Jamais auparavant elle n'avait connu de baiser aussi délicieux. Il ne la prenait pas, il se fondait en elle, l'envahissait de sa propre sensualité, irrésistible. Leurs langues se rencontrèrent. Ce fut pour eux une union d'une intimité sans limites.

Emportés par la fièvre qui les embrasait, enlacés dans une étreinte sauvage, ils glissèrent allongés sur le sol. Les bras puissants de Josh maintenaient la jeune fille plaquée contre lui, face à face. Il la serrait à l'étouffer, leurs corps scellés l'un à l'autre. L'idée de rapt traversa l'esprit de Nathalie. Voilà, se dit-elle, je suis sienne à présent, entièrement à sa merci. Ses ongles se plantèrent sauvagement dans la nuque de son ravisseur ce qui stimula encore l'avidité de celui-ci qui lui dévora les lèvres.

De tout son être elle appelait cet acte d'amour

auquel chacun de leurs gestes les conduisait inexorablement. Déjà, soudés l'un à l'autre, ils devinaient au travers du mince tissu qui les séparait les signes manifestes de l'émoi qui les submergeait. Josh faufila une main entre leurs corps enlacés pour s'emparer d'un sein. Le cœur de Nathalie s'emballa. Chaque fibre de son être frémit, son désir de Josh se concentra en un point unique, ce sein gonflé, durci sous la caresse de l'homme. Mais tout au fond du tourbillon qui l'aspirait, un détail alerta la jeune femme. C'était sa peau nue que modelait Josh entre ses doigts fiévreux ! Son sein tendre dans sa large paume brûlante. Nathalie revint brutalement à la réalité : il s'était introduit sous le tee-shirt qui ne recouvrait aucun soutien-gorge. En un éclair les conséquences de ce qu'il adviendrait une fois franchi le dernier obstacle à leur passion l'assaillirent. La folie d'un tel abandon la frappa en plein cœur. Avec une force dont elle ne se serait jamais crue capable, des deux poings sur la poitrine de Josh elle rompit l'étreinte qui les liait. Une telle vigueur animait ce rejet impulsif que le dos de son compagnon heurta durement le sol. Déjà elle était debout. Josh, pressentant sans doute sa fuite, chercha à s'emparer de son poignet. D'une feinte elle se déroba et s'élança dans une course folle, désordonnée, avant même qu'il ait eu le temps de se redresser.

— Nathalie ! Revenez !

Bien au contraire l'appel la poussa en avant. Les larmes qui brouillaient son regard l'empêchaient de distinguer dans quelle direction elle se dirigeait. A chaque enjambée un obstacle surgi du sol inégal manquait de la faire trébucher. Peu lui importait où elle allait pourvu que ce fût le plus loin possible du danger qui la menaçait.

— Nathalie! N'ayez pas peur!

Sans même se retourner elle sut qu'il la poursuivait. Pourquoi donc s'acharnait-il ainsi? Ne comprenait-il pas que rien, jamais, ne les réunirait? Tout les séparait. Tout. Excepté une même faim charnelle, une mutuelle avidité de leurs corps. Le désespoir lui donnait des ailes mais le destin plaça une racine sur son chemin. Elle se retrouva à plat ventre dans la poussière.

Ses nerfs la lâchèrent. Le visage à même le sol, elle sanglota éperdument, brisée par l'émotion et la douleur. Quand Josh la recueillit dans ses bras elle ne protesta pas. Son beau visage, souillé de terre ocre que sillonnaient les larmes, exprimait un pathétique désarroi.

— Ne me regardez pas de cette façon, dit-il. Je n'y peux rien. Vous non plus.

Ainsi, il reconnaissait également la faillite de leurs illusions! Il l'aida à se relever. En prenant appui sur Josh la pensée s'imposa qu'il s'agissait sans doute là de leur dernier contact physique.

Il siffla entre ses doigts pour appeler Misty qui broutait paisiblement à quelque distance. La jument s'approcha au petit trot. Il n'existait aucune solution à leur mal commun. Si. Un seul remède : la fuite. Malgré cette évidence, ou plutôt à cause d'elle, ces derniers instants acquéraient une valeur sans égale. Encore un instant, monsieur le bourreau... Hélas, il ne le lui accorda pas.

— Vous jouez avec le feu, Nathalie. Rentrez à la maison. Quittez définitivement Naranghi dès demain. Cela vaudra mieux pour tout le monde.

Elle parvint à se mettre en selle sans son aide. Misty, comme consciente du drame qui se jouait, ne bronchait pas.

Aucun mot n'aurait pu exprimer les sentiments qui les déchiraient. Seuls leurs regards rivés l'un à l'autre avouaient leur souffrance. Josh caressa lentement l'encolure de la jument qui répondit en fourrageant du museau l'encolure de sa chemise. Puis, de sa propre initiative, elle se mit en route au pas.

Nathalie s'abandonna à l'allure paisible de sa monture. Les yeux fixés sur un horizon brouillé par ses larmes, elle ne se retourna pas une seule fois vers le bonheur impossible abandonné dans ce coin de prairie.

Chapitre sept

— Eh bien, vous voyez ! Pas de problème !

Nick s'avança à la rencontre de Nathalie dans la cour du ranch, satisfait de constater la justesse de ses prédictions. Il l'aida à mettre pied à terre et se chargea de ramener la jument à l'écurie.

Le visage encore rougi et boursouflé de larmes de la jeune femme, les traces de terre sur ses vêtements ne lui attirèrent aucune question. Pourtant ils ne pouvaient passer inaperçus. Probablement Nick les attribuait-il à une rencontre entre Josh et elle à propos de laquelle il eût été malséant d'avancer la moindre hypothèse. La certitude que tout dans son comportement trahissait son désarroi la mettait mal à l'aise.

Heureusement, personne ne la croisa avant qu'elle n'ait rejoint sa chambre. Une douche, un pantalon et une chemise propre ; les apparences étaient sauves.

Personne dans la cuisine. Elle profita de ce sursis pour échafauder un compte rendu anodin de son équipée.

En règle générale, vers cette heure-ci tante Peg apportait leur déjeuner aux employés du ranch. De ce fait son absence ne présentait rien d'anormal. Pourtant un détail attira l'attention de

Nathalie. Un ordre impeccable régnait dans la cuisine. Aucun signe de récente confection de sandwiches ou de toute autre préparation culinaire. Curieux...

Par acquit de conscience elle parcourut les autres pièces. Pas trace de Peg. Vaguement inquiète, Nathalie sortit et se dirigea vers le potager. Cette appellation quelque peu ambitieuse désignait un carré de terrain derrière la maison qui, à force de soins et d'arrosage, produisait quelques salades et de gigantesques potirons. Peut-être justement Peg était-elle allée en cueillir un?

Elle revenait bredouille vers la maison quand elle croisa Nick à nouveau. A présent une sourde inquiétude la taraudait.

— Où se trouve Mme Forde, demanda-t-elle à l'employé, elle n'est pas aux étables?

— Non justement. Et on voudrait bien manger, nous autres. Je venais chercher les repas.

— Où peut-elle bien être? La maison est vide.

Nick s'arrêta net. La situation lui parut également étrange.

— Voilà du pas ordinaire. Tout à l'heure je l'ai vue partir à la basse-cour, son panier sous le bras.

Le même signal d'alarme retentit simultanément chez chacun d'eux.

— Vite, allons voir!

Pour ne pas subir le caquetage incessant des poules on les avait reléguées à quelque cent cinquante mètres derrière la maison. Ils franchirent la distance moitié marchant, moitié courant, mus par un sombre pressentiment.

Un grillage à hauteur d'homme délimitait l'enclos au centre duquel une petite baraque de planches servait de refuge aux pondeuses.

Tout de suite ils aperçurent les deux jambes

qui dépassaient de la porte ouverte. Une brise légère soulevait les plis de la jupe bleue. Un panier d'osier gisait renversé dans la poussière. Ils se précipitèrent.

Leur premier réflexe fut de la retourner sur le dos. La raideur de son corps les épouvanta soudain.

— Nick, vous croyez que...

Elle n'eut pas le courage d'achever.

Il s'empara du poignet de Peg, à la recherche d'un battement de pouls.

— Je ne crois pas.

Son comportement dénotait un sang-froid certain. Il agissait sans se perdre en paroles inutiles. L'angoisse de Nathalie la rivait au sol, impuissante. Agenouillée à même la terre souillée du poulailler, elle se mordait les lèvres jusqu'au sang, incapable de la moindre initiative.

— C'est une attaque, probablement le cœur ou le cerveau, risqua Nick. Restez là. Je cours chercher de l'aide et un brancard. J'appelle le médecin et on la ramène à la maison.

Un faible gémissement s'échappa des lèvres bleuies de Peg. Une bouffée d'espoir envahit Nathalie, vite anéantie. Sa tante gisait à nouveau, rigide et silencieuse.

— Vite, Nick. Courez !

Chaque seconde lui parut durer une heure. Dans une attention à la fois touchante et dérisoire elle installa la tête de sa tante sur ses genoux et s'efforça de chasser les mouches de ce visage offert à la mort. C'était la première fois qu'elle affrontait une situation dont une vie humaine constituait l'enjeu. Cette évidence s'imposait dans sa nudité, son impitoyable dureté. Une tragédie se nouait, là sous ses yeux. Chaque seconde la rapprochait du dénouement. Pourquoi Nick ne revenait-il pas ?

— Mademoiselle Grierson, occupez-vous de joindre le médecin.

Deux hommes accompagnaient le cow-boy.

— Dépêchez-vous ! la houspilla-t-il.

Le temps d'assimiler le sens de ces mots, elle courut à la maison. A elle d'agir maintenant. Sa responsabilité débloquait ses inhibitions. La survie de Peg dépendait d'elle, à présent. Elle accomplirait l'impossible pour forcer le destin.

Heureusement une fiche de bristol punaisée à côté du téléphone recensait les numéros de première utilité. Dans sa précipitation elle dut s'y reprendre à deux fois avant de composer celui du médecin sans erreur. Ses explications s'efforcèrent de décrire la situation le plus clairement possible.

Les hommes apportaient le brancard dans la maison au moment même où elle raccrochait.

On installa Peg sur son lit.

— Le docteur est en route, leur annonça-t-elle. Il m'a dit d'essayer la respiration artificielle, le bouche-à-bouche...

— Son état s'aggrave rapidement, prévint Nick. Son pouls est presque imperceptible.

Les trois hommes la regardaient comme s'ils attendaient qu'elle assume la direction des opérations.

— Je n'ai aucune notion de secourisme, avoua Nathalie.

De toute évidence, eux non plus. Il fallait réagir. Vite ! Nathalie s'assit sur le lit, à côté de sa tante immobile.

Nick aboya des instructions à ses compagnons.

— Greg, préviens M. Forde. Toi, Chris, cours chercher Josh. Moi je reste avec Mlle Grierson.

Le médecin, au téléphone, avait brièvement expliqué comment procéder. Un oreiller plié sous la nuque de la malade rejetait sa tête en arrière. Des deux mains, le plus doucement possible, elle écarta les mâchoires de Peg, lui pinça les narines, insufflant en elle l'oxygène qui contribuerait, peut-être, à la maintenir en vie.

— Je vais téléphoner aux Connell.

Ne plus sentir la présence anxieuse de Nick dans son dos la soulagea. Encore et encore la même opération. Tant que la lutte se poursuivait l'espoir demeurait, petite flamme vacillante. A son retour Nick la trouva dans la même position.

— Na... tha... lie...

La voix de Peg, infiniment faible, à peine une exhalaison, butait sur chaque syllabe. Pourtant ce souffle résonna aux oreilles de sa nièce comme un cri de victoire.

— Tante Peg ! Vous m'entendez ?

— Ça va... mal dans la poitrine... m'asseoir...

A eux deux ils la redressèrent contre les oreillers. Avec une serviette humide, elle essuya la poussière du visage de Peg.

— Ne vous fatiguez pas à parler. Le médecin arrive d'une minute à l'autre. Vous avez probablement été victime d'une crise cardiaque.

Au regard effrayé de sa tante, elle regretta sa franchise brutale.

Où se trouvaient-ils donc tous, bon sang ! Personne n'arrivait, ni le médecin ni son oncle ni Josh. Personne...

Josh débarqua le premier, suivi de peu par son père. Tous deux paraissaient en état de choc. L'égarement d'Andrew offrait le témoignage le plus bouleversant de l'amour qu'il vouait à sa femme.

— Je savais qu'elle n'était pas bien. Mais à ce point... répétait son beau-fils, abattu au chevet du lit.

Un hurlement de freins au-dehors annonça

l'arrivée de Maida et Michael Connell. Pour arriver si vite de Pinnaroo ils avaient dû rouler à tombeau ouvert. Avec l'assurance que confère le savoir-faire, Maida prit immédiatement la situation en main. A la voir s'affairer, précise et efficace, on lui aurait prêté une sérieuse formation médicale. Sa présence reléguait Nathalie au second plan, dans un rôle de fille de salle à laquelle on demande d'apporter des serviettes ou un verre d'eau. Les regards anxieux et les questions de Josh l'ignorèrent pour se reporter sur Maida.

L'avion du médecin — pour couvrir les immenses distances de la prairie, il utilisait comme tous ses confrères un petit bimoteur — se posa peu après. Un rapide examen sur place confirma le diagnostic : crise cardiaque. La décision s'imposait de transporter Peg de toute urgence à l'hôpital de Tallawara. On la hissa à nouveau sur le brancard. L'avion attendait, moteurs ronflants. Il décolla aussitôt.

Tous, à l'exception d'Andrew qui accompagnait sa femme, se retrouvèrent dans la cuisine. Chacun ressassait en silence de sombres pensées, se demandant s'il avait tout donné de soi-même pour aider Peg à s'en sortir. La suggestion de Maida de préparer un déjeuner tomba dans le vide. L'inquiétude bien plus que la faim les tenaillait.

Avec ce qu'elle trouva dans le réfrigérateur, Maida réussit à confectionner une salade composée. Nathalie l'aida de son mieux.

— Nick m'a dit que vous aviez pratiqué un bouche-à-bouche sur votre tante, dit l'aînée des Connell en mélangeant une sauce.

— J'ai fait ce que j'ai pu sans très bien savoir comment m'y prendre.

— Vous lui avez probablement sauvé la vie.

Cette reconnaissance de ses efforts toucha Nathalie. Elle prouvait la générosité de la nature de leur jeune voisine, générosité qui la retenait de se pousser en avant à la faveur des événements.

La sonnerie du téléphone retentit alors qu'ils se trouvaient à table. D'un bond Josh se précipita sur le récepteur.

— C'était mon père, annonça-t-il en raccrochant. Plus de danger immédiat mais il reste à Tallawara auprès de Peg pendant quelques jours.

— Dans ce cas, proposa Maida, je vais rester ici le temps que vous trouviez une employée pour prendre la maison en charge.

— Pas question !

Le refus de Josh tomba sans appel.

— On a besoin de toi à Pinnaroo. Papa et moi nous nous débrouillerons parfaitement tout seuls.

D'habitude Michael Connell n'intervenait guère dans la conversation. Pourtant, cette fois, il n'hésita pas. Sans doute trouvait-il l'idée particulièrement judicieuse.

— Et Nathalie ? Puisqu'elle est sur place, elle pourrait peut-être remplacer votre belle-mère.

La réaction de Josh ne se fit pas attendre.

— Nathalie nous quitte demain au passage du courrier.

Michael se retourna vers Nathalie, bien décidé à imposer sa solution.

— Vous devez absolument partir demain ?

— Je n'en suis pas à quelques jours près.

— Papa, interrompit Maida, on ne peut pas obliger Nathalie à modifier ses projets.

Josh, jusque-là étrangement silencieux, intervint à son tour.

— Cela ne ferait que compliquer la situation.

Je ne crois pas que ce soit la bonne solution. Pour personne, ajouta-t-il.

De toute évidence ce refus ne se fondait sur rien de concret. Simplement, dans l'ordre des priorités de Josh, son départ primait sur l'ordonnance des repas. Il voulait se débarrasser d'elle au plus vite.

Nathalie prit son courage à deux mains.

— Cela ne me dérange pas de rester encore quelques semaines. Evidemment, je manque peut-être un peu d'expérience mais je ferai de mon mieux pour tenir la maison. J'ai vu tante Peg à l'ouvrage. Je peux toujours essayer de l'imiter.

Elle remarqua la crispation des mâchoires du jeune homme. Elle lui forçait la main. Impossible de refuser cette offre à moins de lui jeter à la figure, devant témoins, son peu d'estime pour ses compétences.

— Bravo, ma fille! s'écria Michael ravi de cette alliée dans la place. Je savais qu'on pouvait compter sur vous. Maida et Clarrie viendront vous donner un coup de main de temps à autre.

On n'aborda plus le sujet. Josh ne manifesta aucune reconnaissance. Muet, buté, il feignait de l'ignorer.

Michael Connell repartit seul, laissant sa fille pour la nuit. Elle profiterait du passage du facteur le lendemain pour rentrer à Pinnaroo.

Cette solution apportait un répit à Nathalie : il retardait le moment de se retrouver seule avec Josh.

Dès le lendemain matin les choses sérieuses commencèrent. La vie quotidienne de la maisonnée impliquait une foule de travaux. A ne pas savoir par quel bout les entreprendre. La plupart d'entre eux constituaient une grande première pour Nathalie.

Jamais encore elle ne s'était retrouvée confrontée à une machine à laver. Comment cela fonctionnait-il ? Et préparer de quoi nourrir une dizaine de personnes dépassait nettement l'étendue de sa science. Mais la présence efficace de Maida lui évita la plus humiliante des déroutes.

Son rôle se borna surtout à observer cette dernière attentivement pour tâcher d'enregistrer le plus d'informations possible. Sur le moment tout paraissait facile, tant Maida se mouvait avec naturel dans les situations les plus épineuses. Mais quand Nathalie s'y essayait elle-même tout allait de travers. Et cela avec une décourageante régularité.

Au centre de ses problèmes se trouvaient les repas. Les connaissances culinaires de la jeune citadine frôlaient l'ignorance absolue. Elles se résumaient en une trilogie : omelette, salade, grillade. Un tel bagage sauverait la mise pendant quarante-huit heures tout au plus. A la troisième omelette Josh exploserait.

— Ne vous mettez pas martel en tête, la rassura Maida, les hommes s'en fichent du moment que la quantité s'y trouve.

Quand en fin de matinée passa le camion de Jock McIntyre, le facteur, Nathalie était sur le point d'abandonner pour repartir avec lui comme prévu.

Jamais elle ne se tirerait seule d'affaire ! Son offre ne pouvait être le fruit que d'un accès de folie furieuse. A quoi bon le prolonger ? Ses rapports avec Josh s'envenimeraient et cette fois pour de bonnes raisons.

— Surtout n'hésitez pas à m'appeler au moindre problème. Bon courage et bonne chance !

Les vœux de la jeune fermière se perdirent

dans le fracas de tôles du camion qui l'emmenait.

La préparation du déjeuner constituait la première grande épreuve. D'ici peu une meute de
costauds affamés envahirait les lieux à la recherche de sa pitance. Et, calamité suprême, il ne
restait plus un gramme de pain dans la maison !
Le petit déjeuner avait eu raison des restes de la
dernière fournée de Peg.

Josh la découvrit en sombre méditation face à
la huche désespérément vide. Dans son chapeau
il apportait une douzaine d'œufs frais. Son arrivée ne pouvait plus mal tomber.

— Il n'y a plus de pain, annonça la jeune
femme d'une voix tragique.

— Il suffit d'en cuire.

Il dit cela avec un sourire charmeur qu'elle
jugea parfaitement hypocrite. De toute évidence
il cherchait à lui faire avouer sa nullité. Alors il
se garderait bien du moindre reproche, se
contentant de constater, fataliste et résigné : je
vous l'avais bien dit...

En tout cas elle ne lui procurerait pas cette
satisfaction ! Elle capitulerait peut-être mais pas
sans combattre.

— Evidemment, rétorqua-t-elle sur le ton
d'une technicienne hautement spécialisée, offen-
sée que l'on mît sa science en doute.

Le bluff fonctionna à merveille. Josh, pris de
court, abandonna la partie pour retourner à ses
occupations ; non sans chercher à regagner un
peu de terrain perdu en s'accordant le luxe d'une
concession.

— Je m'occuperai de la basse-cour.

Comment donc procédait tante Peg ? A deux
reprises elle avait assisté à la préparation du
pain par sa tante, Dieu merci ! Une fois les
ingrédients réunis elle procéda à des essais selon

la recette d'un livre de cuisine déniché au sommet d'un placard. Le secret de la réussite résidait dans le dosage. Un peu trop de sel ou pas assez de farine menait droit au désastre. Le plus souvent les recettes des manuels apparaissent fort aisées en théorie et désespérantes en pratique. Celle-ci n'échappait pas à la règle. Nathalie se retrouva en train de pétrir une innommable et flasque pâtée qui jamais ne se transformerait en miche croustillante.

Le second essai se fonda davantage sur l'intuition. La méthode se révéla payante. A travers la vitre du four elle suivit avec fierté la cuisson d'un pain digne d'un boulanger professionnel.

— Alors, comment ça va ?

Josh réapparut, impatient de contempler son naufrage.

L'idée de lui jouer un tour à sa façon ne déplaisait pas à l'apprentie cuisinière.

— J'ai pourtant fait ce que j'ai pu.

La phrase sonnait comme un glas.

Le rancher jubilait déjà. Pourtant il décida de se montrer magnanime.

— J'en suis sûr. Voyons le résultat.

Une délicieuse odeur de pain chaud se répandit à travers la cuisine à l'ouverture du four.

— Pas mal pour une débutante, concéda-t-il, dépité.

Nathalie éclatait de fierté. Elle se retint pourtant de lui assener un proverbe bien senti sur la grandeur qui consiste à reconnaître les mérites d'autrui.

— Je descends apporter leur déjeuner aux hommes, se contenta-t-elle de laisser tomber.

Il avança d'un pas, l'empêchant de passer. Elle pouvait clairement lire ses intentions sur son visage. Quelques centimètres à peine les séparaient. Que l'un d'eux fasse le moindre mouve-

ment et leurs corps se rencontraient. La situation oscillait dangereusement. Ses affronts et
l'arrogance de Josh ne changeraient donc rien !
Sa séduction demeurait irrésistible. Qu'il la
prenne à nouveau dans ses bras et elle s'aban-
donnerait, le cœur battant et les jambes tremblantes. Quand il la regardait de cette façon, elle
se sentait défaillir comme une héroïne roman-
tique.

Il ôta des mains de Nathalie le sac contenant
les paquets-repas.

— Je me charge de le leur apporter.

A son retour il alla droit au réfrigérateur.

— Il n'y a plus de bière fraîche, constata-t-il
en claquant la porte.

— Zut ! J'ai complètement oublié.

— Tant pis, je me contenterai de thé.

Son ton la rassura.

— Vos sandwiches ont obtenu un gros succès
auprès des hommes. Ils demandent si la prochaine fois ils auront droit à des canapés au foie
gras et à des petits fours.

Cette allusion à sa vie mondaine, si loin d'elle
à présent, l'agaça.

— Contrairement à ce que vous imaginez, je
ne passe pas ma vie en cocktails et dîners. Je
travaille, figurez-vous.

— Plus depuis vos fiançailles, n'est-ce pas ?

Touché ! Son ex-fiancé, Rolf, s'opposait for-
mellement à ce qu'elle continue de travailler.
Tenir la maison, recevoir ses relations d'affaires
occuperait, prétendait-il, tout son temps. Toutes
les vérités n'étant pas bonnes à dire, il valait
mieux éviter de livrer celle-ci à l'ironie de Josh.
Agacée de se retrouver à court d'arguments elle
referma un tiroir d'un coup sec.

— Aïe !

— Qu'y a-t-il ?

94

Une insupportable douleur fouaillait l'extrémité de sa main. Elle serra les paupières très fort pour contenir les larmes près de jaillir.

— Je me suis coincé le doigt dans le tiroir.

La banalité de l'accident ajoutait la confusion à la souffrance. Tel qu'elle le connaissait il contenait déjà un fou rire !

— Pauvre petit, vous collectionnez les malheurs en ce moment !

Il chercha à lui prendre la main pour estimer la gravité de la blessure.

— Ce n'est rien.

Ce soudain attendrissement prenait une valeur extraordinaire. Ainsi, malgré tout, quelque chose venant d'elle parvenait à l'émouvoir ?

Il s'empara des deux mains de la jeune femme. A son contact la douleur s'évanouit. Elle les laissa reposer, blanches et effilées avec leurs ongles carmin, dans les fortes paumes marquées de cals. Comme un tendre piège il les referma dans une pression à peine perceptible où se devinait un message. Ses pouces caressèrent les poignets de la jeune femme avec une délicatesse surprenante.

— Un peu de glace sur le doigt blessé l'empêchera d'enfler.

Josh fourrageait déjà dans un bac à glaçons. Sa cure se révéla judicieuse ; dix minutes plus tard il ne s'agissait plus que d'un mauvais souvenir.

Le silence dans lequel se déroula le déjeuner ne signifiait rien de particulier. Le naturel réservé du rancher ne l'incitait pas aux conversations de salon. Les longues plages de mutisme qui ponctuaient les repas familiaux avaient surpris Nathalie à son arrivée. Une fois acquis qu'il s'agissait là du rythme propre au clan Forde, on s'y accoutumait très bien.

— Nathalie...

Il attendit sa réponse avant de continuer, comme pour vérifier qu'elle se trouvait bien là.

— Oui.

— Ne vous croyez pas obligée de rester.

— En tout cas il faut encore me supporter une semaine, jusqu'au prochain passage du facteur.

— Si vous changez d'avis, rien ne m'empêche de vous conduire à Tallawara attraper un avion.

— Cela dépendra de vous. Si vous me rendez la vie impossible je me débrouillerai pour partir toute seule.

Elle dit cela d'un ton léger destiné à amortir l'impact des mots.

— La vie impossible, marmonna-t-il entre ses dents, peut-être bien... qu'en savez-vous ?

Sans prendre la peine d'expliquer ces paroles sibyllines, il jeta sa serviette en bouchon et repartit au travail.

Le ménage de la maison occupa le reste de l'après-midi. Dans la prairie avare de tout confort, de tout agrément gratuit, seul l'espace s'offrait largement. La construction de Naranghi en tenait compte. La maison s'étendait, prenait ses aises, dans les vastes pièces dont Nathalie mesurait la superficie à coups de balai. Curieusement cette tâche ingrate ne la rebuta pas trop. Au fil de l'effort elle prenait en quelque sorte possession de la demeure. Chaque pièce nettoyée et remise en ordre portait un peu sa marque. Plusieurs fois elle éprouva la tentation de changer un objet de place. Seule la crainte d'une rebuffade de Josh la retint.

Dans les moments de fatigue, quand tous ses muscles douloureux la harcelaient, la perspective de la réaction de Josh ranimait son énergie. Son travail ne lui vaudrait pas de compliments, moins encore de remerciements. Un simple coup d'œil étonné à l'ordre qui régnait dans l'immense demeure suffirait à la récompenser de ses efforts.

Il ne restait qu'une chambre à faire, tout à l'extrémité du couloir. Nathalie hésita avant de pousser la porte entrebâillée. Il y flottait cette troublante odeur de cuir et de foin coupé découverte dans les bras de Josh. Plusieurs paires de bottes s'alignaient le long du mur. Avec son mobilier spartiate on eût dit une cellule de moine. Nathalie ne parvenait pas à détacher son regard du lit défait. L'abandon des draps froissés pendant à terre évoquait une intimité dont la seule pensée desséchait ses lèvres. L'image du corps dénudé de Josh étendu parmi cette blancheur s'imprimait avec force dans son imagination sans qu'elle parvienne à l'en chasser.

Les jambes flageolantes, elle battit en retraite sans toucher à rien.

Pour le dîner elle suivit le conseil de Maida : ne pas lésiner sur la quantité.

Son hôte fit honneur à sa cuisine. A le voir dévorer ainsi on se demandait quel miracle préservait la minceur déliée de son corps. L'exercice physique, sans doute. En un temps record son assiette se trouva nettoyée de la moindre parcelle de nourriture.

— J'en prendrais bien encore un peu, fit-il en poussant son assiette à travers la table.

— Il n'en reste plus, dut-elle avouer.

Il le prit du bon côté.

— Si vous me mettez au régime, je me mettrai en grève.

Elle profita de l'incident pour lui faire remarquer que les stocks de provisions baissaient sérieusement.

— Dans un jour ou deux j'irai à Tallawara

chercher mon père et j'en profiterai pour effectuer quelques courses.

Ils établirent ensemble sur un carnet une liste d'achats. A aucun moment Josh ne fit allusion à sa proposition de l'emmener à Tallawara pour y prendre l'avion de Sydney. N'y pensait-il plus ou ce projet était-il si définitivement arrêté qu'il rendait toute redite inutile ?

Une irrésistible envie de bâiller tenaillait la jeune femme. A la première occasion elle lèverait la séance.

— Vous avez eu une longue journée, remarqua Josh. Un peu de repos ne vous ferait pas de mal. Que diriez-vous d'une tasse de café et d'un dernier verre sur la véranda ?

Fatigue et prudence l'incitaient à éluder cette offre. Elle resta silencieuse.

— Installez-vous dehors. Je m'occupe du café.

Curieusement, une fois allongée dans l'une des chaises longues de la véranda, le sommeil la quitta. Son attention en éveil percevait le bruit de tasses entrechoquées dans la cuisine. Le manteau de la nuit couvrait l'immensité de la plaine où plus rien ne bougeait. On avait vraiment l'impression de se trouver au bout du monde.

Josh négligea le confort de l'autre transat pour s'asseoir sur un vieux tabouret de bois. Une petite table entre eux supportait le plateau du café et une bouteille de cognac.

Ils burent leur café en silence. Dans l'obscurité tout ce qu'ils se taisaient paraissait plus naturel. Des myriades d'étoiles tremblantes cloutaient le ciel. Probablement Josh y retrouverait-il les principales constellations, songea Nathalie qui s'y efforçait en vain.

— En ville vous ne verrez jamais un ciel comme celui-ci à cause de la pollution, remarqua le jeune homme, comme averti par un phénomène de transmission de pensée.

— Pour rien au monde vous ne vivriez ailleurs qu'ici, n'est-ce pas ?

Il éclata de rire devant l'absurdité de la question.

— Jamais de la vie. Pourquoi une telle idée ?

— Euh... je me demandais si parfois vous n'éprouviez pas l'envie d'autre chose.

— Quoi ? Des restaurants bondés ? Des cinémas envahis ? La foule ? Merci bien !

A l'entendre parler ainsi un doute se faufila dans l'esprit de Nathalie. Depuis le début de son séjour ici, dix jours déjà, rien de tout cela ne lui manquait vraiment. Le souvenir de soirées mondaines artificiellement gaies se fanait, comparé à la sérénité découverte au ranch. Le désert. L'effort quotidien.

Josh se pencha pour la regarder bien en face.

— Chaque fibre de mon corps est celle d'un homme de la terre, Nathalie. D'un éleveur de bétail. Le reste n'existe pas, ou du moins je ne saurais y goûter le moindre intérêt. Mon univers à moi se compose d'une terre aride, d'un ciel pur, de sécheresses, de feux de brousse, d'inondations. Tout ce que la nature peut inventer de pire. En règle générale ma propre compagnie me suffit. On apprend très vite à ne pas parler inutilement. Cette description doit correspondre à l'enfer pour vous ?

Elle abandonna sa tasse vide sur le plateau.

— Non. Je crois comprendre votre point de vue. Cette existence vous apporte d'autres satisfactions plus exigeantes. Naranghi est un de ces endroits auxquels on s'attache au point de ne plus pouvoir s'en passer.

Elle chercha à deviner sur le visage de son

compagnon l'effet produit par ses paroles. Probablement n'y accordait-il aucun crédit.

— Vraiment ? sourit-il avec une pointe d'ironie.

Il se leva pour aller s'appuyer à l'une des colonnes de la véranda. Le sol en lattes grinçait sous son poids. De toute évidence il ne souhaitait pas perdre son temps en vaine conversation. Immobile telle une statue, il se perdit dans la contemplation de la nuit.

Jamais autant qu'à cet instant elle ne ressentit l'abîme qui les séparait. Rien ne parviendrait à le combler.

— Il est tard. Je vais me coucher. Bonne nuit, Josh.

En trois enjambées il revint auprès d'elle, la dominant de sa haute taille. Un tressaillement la parcourut lorsqu'il posa les mains sur ses épaules. Leurs regards se rencontrèrent. La folle idée de se jeter contre lui, de le serrer très fort entre ses bras, la tenaillait. Ce qu'éveillait cet homme en elle l'affolait.

— Bonne nuit, Nathalie.

Les mains retombèrent. Comme libérée d'un envoûtement, la jeune femme disparut précipitamment à l'intérieur de la maison.

Chapitre huit

Les journées à Naranghi prenaient des allures de marathon infernal. Levée à l'aube, Nathalie s'activait sans un instant de répit pour s'effondrer, morte de fatigue, le soir dans son lit.

Les incidents les plus variés s'abattaient sur elle avec une régularité décourageante. L'un d'eux à peine réglé, un autre survenait. Les yeux rivés à la pendule de la cuisine, elle luttait contre le temps implacable pour respecter le rythme de la journée, scandé par l'heure des repas. Chaque acte ordinaire exigeait d'elle une double dépense d'énergie à cause de son manque d'expérience.

Plus d'une fois elle faillit renoncer. Céder à la tentation. A quoi bon s'obstiner alors qu'inévitablement surgirait le croc-en-jambe fatal qui la laisserait à terre, terrassée par sa tâche ? Seule la perspective de défier Josh la retenait. Plutôt mourir d'épuisement que de l'entendre dire avec une commisération amusée : « Je vous avais prévenue. »

A Maida qui téléphona pour savoir si tout se passait bien elle tint des propos rassurants. Néanmoins Clarrie débarqua quelques jours plus tard comme pour vérifier le bien-fondé de son optimisme. L'ordre qui régnait dans la maison ne manqua pas de l'impressionner.

— Quelle maîtresse de maison ! Je parie que Josh est ébloui !

Nathalie grimaça.

— Je me demande bien ce qui parviendrait à l'épater.

— En tout cas s'il était catastrophé il ne se gênerait pas pour vous le dire. Est-ce qu'il continue à se moquer de vous ?

— De temps à autre, admit-elle.

Il est vrai que les allusions à ses habitudes de privilégiée de la haute société semblaient revenir beaucoup moins fréquemment que par le passé. L'ironie mordante cédait la place à de simples observations sur leurs modes de vie respectifs et ce qui les séparait. Ce qui correspondait peut-être à une tacite appréciation de ses efforts de ménagère novice.

Le récit de ses mésaventures domestiques amusa Clarrie. Pouvoir enfin se confier ainsi sans retenue à quelqu'un d'amical constituait un réel soulagement. Jamais, par exemple, elle n'avait osé avouer à Josh l'inondation causée par le débordement de la machine à laver dont elle avait oublié de fermer le robinet. Tout cet après-midi-là se passa à éponger frénétiquement les traces du déluge. La baisse de niveau du réservoir d'eau de pluie étonna bien un peu Josh mais elle feignit l'ignorance.

— Il ne vous reste probablement plus beaucoup de temps pour monter à cheval, fit l'adolescente en engouffrant un des beignets préparés par la jeune femme.

— Ça, vous pouvez le dire !

A tel point, aurait-elle pu ajouter, que l'idée lui en était complètement sortie de la tête. En revanche, sa dernière préoccupation, le jardin potager, dévorait les quelques moments épargnés par le ménage, la cuisine ou la lessive. Au début il s'agissait seulement de ne pas laisser mourir de soif les plantations de tante Peg. Tout les jours, au crépuscule, elle halait le grand arrosoir de zinc rempli à ras bord du précieux liquide qui, à la moindre secousse, éclaboussait ses jambes nues. Ici pas de tuyau d'arrosage. Gaspiller l'eau en un jet continu ? Aberrant ! Elle se déposait à l'endroit précis qu'elle devait désaltérer en un mince filet, presque un goutte-à-goutte. Ce qui au début ne constituait qu'une corvée de plus se mua au fil des jours en plaisir. Dernière activité de la journée, le jardinage prenait valeur de récompense pour les efforts accomplis. En rangeant les tiroirs de la cuisine, un sachet de graines de choux lui tomba sous la main. Josh l'autorisa à les planter, lui donnant même quelques indications condescendantes sur la manière de s'y prendre. Depuis elle surveillait la croissance de sa rangée de légumes avec la fierté inquiète d'une mère pour son nouveau-né.

Un monde séparait la Nathalie d'à présent de celle rencontrée voici des semaines, lors de sa première visite à Pinnaroo, songea Clarrie. Disparues les vagues de la coiffure savamment mise en plis avant son départ de Sydney, le fard à paupières et le mascara, les ongles effilés. A leur coupe on devinait encore que ses vêtements provenaient des boutiques les plus élégantes, en dépit du triste état auquel de rudes travaux les avaient réduits. Mais ce qui demeurait miraculeusement était le chic, la beauté de la jeune femme. Différente, pourtant. Son teint hâlé par le soleil, la chevelure abandonnée en cascade sur les épaules, la peau satinée d'un corps parfait dévoilé par l'entrebâillement d'une chemise, lui conféraient un éclat de fruit mûr dans lequel tout homme rêverait de mordre à belles dents.

— Ne vous tuez quand même pas au travail.
Regardez ce qui est arrivé à Peg. Alors, pas de
surmenage !

— Pas de danger. Je me sens en pleine forme,
rit Nathalie.

— A force de chercher à paraître invulnérable
aux yeux de Josh, vous risquez de craquer pour
de bon, remarqua Clarrie avec une perspicacité
étonnante chez une personne de son âge.

Les occasions de retrouver le rancher en
dehors des repas étaient rares. Chaque semaine
Andrew passait quarante-huit heures à Tallawara au chevet de sa femme. Il profitait de son
séjour en ville pour tenter d'engager une
employée de maison. Au début, au plus profond
de ses crises de découragement, Nathalie espérait qu'il y parviendrait. Toutes les tentatives
échouèrent. Les perles rares ne se sentaient pas
d'humeur à s'enterrer dans un trou perdu. A
présent la jeune femme songeait : pourvu qu'il
ne trouve personne !

Ce fut précisément l'un de ces jours où son
oncle se trouvait à Tallawara que Nathalie, peu
avant de se coucher, sortit sur la véranda respirer la fraîcheur du soir.

Une lettre de sa mère était arrivée la veille.
Avec son style inimitable qui décrivait une
simple partie de bridge avec le lyrisme échevelé
d'un Alexandre Dumas et exprimait autant
d'enthousiasme pour un cocktail du Rotary-Club
que pour les fastes royaux d'une cérémonie de
couronnement, elle plaignait sa fille de se trouver exilée loin des merveilles de la civilisation.

La seule réaction de celle-ci à cette lecture fut
de se demander comment elle avait pu endurer
tout cela aussi longtemps ! L'envie lui vint de
jeter un dernier coup d'œil à ses plantations. Au

détour du sentier qui menait au potager Josh surgit de l'ombre si soudainement qu'elle sursauta. Immédiatement l'équilibre fragile de la jeune femme se désintégra ; elle se sentit bouleversée, dépendante, fascinée par cet homme comme une souris par une hydre à sept têtes.

— Je vous croyais couchée, dit-il.

— Pas encore. Je profite du meilleur moment de la journée.

Cette rencontre abrégea la promenade. A pas lents ils firent simplement le tour de la maison, ce qui les ramena à la véranda.

— Je vous dois des excuses, Nathalie.

Depuis tout à l'heure elle devinait qu'il cherchait à lui parler...

— Vraiment ?

— Oui. Pour toutes les fois où j'ai douté de votre courage et de votre efficacité. Depuis l'attaque de Peg, la maison repose sur vos épaules. J'étais persuadé que vous ne tiendriez pas le choc plus de quelques jours. Un étranger débarquant à Naranghi parierait que vous êtes une authentique fille de la brousse.

Ça alors ! Elle n'en croyait pas ses oreilles. Pari gagné !

Nathalie leva le visage vers lui. L'envie de pleurer et de rire l'assaillait à la fois. Et plus forte encore, celle du goût des lèvres de Josh sur les siennes.

Il n'esquissa pas le moindre mouvement. Un embarras paralysant envahit la jeune femme persuadée qu'il percevait son émoi.

— Nathalie...

Pour se donner une contenance elle respira une des fleurs du buisson grimpant sur la balustrade de la véranda.

— Comment nomme-t-on ces fleurs ? demanda-t-elle.

— J'ignore leur nom botanique. Ici nous les appelons roses du désert.

Il choisit la plus belle de toutes, aux pétales d'azur entrouverts sur un cœur flamboyant, qu'il glissa derrière l'oreille de sa compagne.

— Malgré leur apparence gracile elles résistent à tout et s'épanouissent dans le dur climat de la prairie.

En retirant sa main, le bout de ses doigts effleura la joue de Nathalie. Anxieuse de ne pas laisser à nouveau libre cours à son désir de lui, elle se détourna, le cœur battant à tout rompre.

— Il est temps que j'aille me coucher, parvint-elle à articuler d'une voix tremblante.

Il fit celui qui n'entendait pas et poursuivit son discours, comme pour lui seul.

— Peu de fleurs réussissent à survivre ici.

Il cueillit son menton, relevant le visage de Nathalie jusqu'à ce que leurs regards se rencontrent. Une soudaine gravité figeait les traits si virils de Josh, laissant apparaître un autre homme. Un homme qui la protégerait, veillerait sur elle, la rendrait heureuse. Celui pour lequel elle jetterait son passé aux orties, se dévouerait à la limite de ses forces, celui en l'absence duquel l'avenir ne pouvait se concevoir.

Nathalie comprit qu'elle l'aimait.

Qu'il l'attirât sensuellement, c'était l'évidence depuis le premier jour. D'autres hommes autrefois détenaient sur elle ce pouvoir. Mais une attirance fondée sur le seul choc physique ne résistait pas au temps. La première rencontre vous laissait le souffle court, le corps brûlant. Mais, quoi qu'il advienne, les suivantes faisaient immanquablement pâlir l'aura de l'idole. Dans le meilleur des cas on s'accommodait, substituant à la séduction du corps une sorte de tendresse issue de l'habitude, comme ce fut le

106

cas avec Rolf, son ex-fiancé. Ou bien au contraire, on engrangeait quelques instants de tourments délicieux tout en se mordant les doigts de les avoir payés si cher.

Pour Josh, tout se déroulait à rebours. Son magnétisme disparaissait sous la constante agressivité qu'il n'avait cessé de lui témoigner jusqu'ici. Il y a quinze jours, l'idée qu'elle pût l'aimer l'aurait soulevée d'indignation...

— Josh, je vais me coucher, annonça-t-elle résolument.

Elle voulait demeurer seule. Cette nuit, elle le pressentait, ne compterait pas beaucoup d'heures de sommeil. Les yeux grands ouverts dans l'obscurité, elle se repaîtrait de cette découverte qui bouleversait sa vie, la traversait comme une comète enflammée : je suis amoureuse.

— Bien sûr, admit l'éleveur, je comprends que vous soyez fatiguée.

Une chouette perchée dans les eucalyptus hulula. Nathalie poussa la porte.

— Bonsoir, Josh.

— Bonsoir.

Son premier soin en arrivant dans sa chambre fut de plonger dans un verre d'eau, sur sa table de chevet, la rose du désert. Tel un talisman qui protégerait son sommeil.

A dater de ce soir-là Nathalie souffrit. Son amour pour Josh l'occupait tout entière. Pas une fois il ne manifesta le moindre symptôme laissant supposer qu'il partageait ce sentiment. Se retrouver en sa présence la plaçait sur des charbons ardents. Loin de lui, elle ne pensait qu'au moment où ils se retrouveraient. Toutes ses journées tournaient autour d'une unique préoccupation : voir l'homme qu'elle aimait le plus souvent possible. Mais éviter à tout prix de se retrouver seule avec lui, de crainte de se révéler incapable de refréner plus longtemps sa passion...

Cette mutation, cette éclosion douloureuse, n'échappa pas à tout le monde.

— Vous me paraissez fatiguée, abattue, s'inquiéta un soir Andrew.

Elle nia énergiquement.

— Vous travaillez trop dur, insista son oncle. Levez un peu le pied. Sinon vous finirez à l'hôpital comme Peg.

Les menus faits du quotidien lui échappaient de plus en plus. Où donc était passé son bon sens ? Seule l'émotion guidait ses actes. Cette absence de lucidité, ce rêve éveillé faisait d'elle un être différent, une hallucinée.

Un beau matin Andrew la découvrit, attablée dans la cuisine, la tête entre les mains, secouée de sanglots.

— Eh bien, ma jolie ! Que se passe-t-il ?

Du menton elle désigna un magma calciné.

— Ma brioche... hoqueta Nathalie.

Ce désastre mineur provoqua l'hilarité de son oncle.

— Et alors ? Le monde ne s'écroulera pas pour autant. Vous en recommencerez une autre.

Ces bonnes paroles ne la consolèrent pas. Qu'importait l'holocauste de la brioche ! C'était cela ajouté au reste — et quel reste — qu'elle ne supportait plus. Andrew lui entoura les épaules d'un bras amical. La tête sur la poitrine de celui-ci, ses sanglots redoublèrent.

— Papa !

La voix de Josh exprimait sa réprobation devant ce spectacle insolite.

— Ne t'inquiète pas. Je ne cherche pas à séduire la meilleure cuisinière que nous ayons jamais eue, plaisanta son père. Nous devrions êtres honteux de la laisser ainsi aller au bout de ses forces. Il est grand temps qu'elle prenne un peu de repos.

L'arrivée du jeune homme tarit immédiatement les larmes de Nathalie, consternée qu'il la surprenne dans un moment de faiblesse. Pour tenter de regagner le terrain perdu elle protesta de sa parfaite condition physique et morale. En vain.

— Josh vous emmènera à Tallawara demain. Comme ça vous rendrez visite à Peg qui se plaint de ne pas vous voir et vous changerez un peu d'air. D'ailleurs, j'avais oublié de vous le dire, je crois avoir trouvé une parfaite intendante pour prendre le relais.

Mais Nathalie n'entendait pas se laisser évincer.

— Je vous assure que ce n'est pas la peine.

Oncle Andrew, généralement si conciliant, se montra cette fois obstiné comme une mule.

— Pas de discussion, jeune fille. Une journée de congé vous fera du bien, ainsi qu'à Josh. Je téléphonerai à l'hôtel Metropole pour réserver des chambres. Vous repartirez le lendemain matin.

Du regard elle implora son cousin de venir à son secours. Probablement cette escapade le dérangeait-il autant qu'elle.

— Je partage l'avis de mon père, laissa-t-il tomber, un entracte vous remettra d'aplomb.

— Evidemment Tallawara n'offre pas les distractions de Sydney, s'excusa Andrew, mais enfin c'est une ville avec des restaurants, des cinémas. De quoi vous changer les idées.

— Une promenade à cheval avec Clarrie me les changerait tout autant.

Les deux hommes éclatèrent de rire, tandis

qu'elle serrait les poings de dépit. Ils ne la croyaient pas ! Donc, malgré tout, ils l'imaginaient encore futile et préoccupée d'elle-même. Son ancienne image lui collait à la peau. A leurs yeux, cinémas, restaurants et cocktails constituaient les seules distractions susceptibles de trouver grâce à ses yeux.

— Et qui s'occupera des repas des hommes ?

Andrew éluda l'objection d'un geste.

— Pour un jour on se débrouillera.

Sa dernière cartouche tirée, Nathalie accepta sa défaite.

Son reflet dans le miroir de sa chambre l'amena à sourire. A nouveau en robe ! Depuis son arrivée à Naranghi elle n'avait pas utilisé la majeure partie de ses vêtements. Quoi de plus commode qu'un jean ou un bermuda et un tee-shirt pour s'occuper de la maison ou s'affairer au jardin ?

Elle portait une de ses robes préférées. En lin écru, taillée simplement comme une tunique grecque, elle mettait en valeur son hâle doré. Très décolletée, elle laissait apparaître la naissance des seins.

Grâce à un shampooing et quelques rouleaux chauffants, la masse de cheveux blonds retrouvait l'ondulation soyeuse qui encadrait si bien l'ovale parfait du visage. Son bronzage la dispensait de maquillage. Juste une touche de fard à paupières, pour rendre son regard plus profond. Un peu de rose sur les lèvres rehaussa leur sensualité. Ce fut la Nathalie des grand soirs qui sortit retrouver Josh.

Son apparition provoqua effectivement le choc qu'elle escomptait. Il la détailla des pieds à la tête, sans la moindre retenue, une lueur émerveillée dans le regard.

110

— Depuis le temps, j'avais oublié à quoi vous ressemblez en robe.

Mais le choc en retour qu'encaissa Nathalie en découvrant son compagnon la laissa muette.

Autour du col anglais de sa chemise, il portait une cravate! Son costume en coton blanc affinait encore sa silhouette. Son élégance, à la fois naturelle et étudiée faisait de lui le plus séduisant des play-boys. Soigneusement coiffé, rasé de près, l'éleveur à moitié cow-boy cédait la place à l'homme du monde!

— Allons-y.

Ils s'installèrent dans la voiture qui démarra. A peine franchies les barrières du ranch, la jeune femme ne put s'empêcher de remarquer :

— Ça m'ennuie vraiment de tout laisser en plan comme ça.

— Vraiment? Ou bien est-ce ma compagnie qui vous irrite?

Nathalie rougit. Par moments, il semblait se jouer d'elle, comme le chat d'une souris.

— Je suis ravie que vous m'accompagniez. Mais je me sens un peu coupable de vous éloigner de votre travail.

Le reste du voyage se passa dans un silence relatif. Il conduisait très vite malgré les nids-de-poule qui jalonnaient la piste. Au dernier moment il les évitait d'un coup de volant qui, immanquablement, la précipitait contre lui.

A pareille allure ils arrivèrent à Tallawara en avance. L'hôpital n'ouvrait ses portes aux visiteurs que dans une demi-heure, qu'ils passèrent dans le café d'en face.

— Quelle bonne surprise!

Peg les accueillit avec un enthousiasme qui les rassura sur son état de santé. Pour une maîtresse-femme de sa trempe, se retrouver cloîtrée dans une chambre de quelques mètres carrés confinait au supplice. Leur arrivée lui apportait une bouffée de cette prairie qu'elle aimait tant.

— Nathalie, ma chérie, comme c'est gentil à toi de te dévouer pour mes deux égoïstes d'hommes. Je sais que tu étais pressée de rentrer à Sydney.

La jeune femme serra la main amaigrie de sa tante, posée sur les draps d'un blanc éblouissant.

— Pas vraiment, tante Peg, je vous assure.

Celle-ci se retourna vers son beau-fils, le prenant à témoin.

— N'est-ce pas qu'elle est fantastique, Josh ? Comment imaginer un seul instant qu'elle s'adapterait aussi vite ? Au début ça a dû être l'enfer !

Il sourit en regardant successivement les deux femmes.

— Sûrement, mais elle ne l'admettra jamais.

La principale intéressée le fusilla du regard.

— Il prédisait que je ne tiendrais pas plus d'une semaine.

— Josh ! s'exclama Peg, outrée.

— Tu le disais toi-même à l'instant : comment le prévoir ? Rien dans l'éducation de Nathalie ne le permettait.

Du fond de son lit la malade scrutait alternativement les deux jeunes gens comme si elle cherchait à déceler une quelconque complicité entre eux.

— Sauf son caractère. Elle n'en manque pas !

Ces compliments inattendus, pour elle qui en était sevrée depuis si longtemps, embarrassèrent leur destinataire qui préféra dévier la conversation.

— Quand nous revenez-vous, tante Peg ?

— Le plus vite possible. Mais comme un poids supplémentaire, je le crains. Il se passera pas mal de temps avant que je puisse reprendre une activité normale.

La nouvelle annoncée par Josh du recrutement imminent d'une employée de maison contribua à la rassurer.

— Voilà qui te soulagera, ma pauvre Nathalie. Tu rentreras à Sydney sans le remords d'abandonner le navire en perdition !

— Je ne demande pas mieux que de rester encore quelque temps !

Chaque jour passé à Naranghi prolongeait le sursis à l'issue duquel, inévitablement, interviendrait la séparation d'avec l'homme qu'elle aimait. En somme elle grapillait quelques miettes de sa présence, emmagasinait de fugaces bonheurs pour survivre plus tard à son absence. L'idée de le quitter la brisait. Tout cela elle l'envisageait avec une parfaite lucidité. Les bonnes âmes en veine de conseils lui eussent certainement conseillé de trancher dans le vif, de partir au plus vite. Mais elle l'aimait trop. Sa volonté chancelait à cette seule idée. Pourtant, il faudrait bien se résigner.

Une infirmière les pria de ne pas trop fatiguer la malade. Malgré les protestations de cette dernière, ils la laissèrent pour aller déjeuner au restaurant.

— Josh, pourquoi ne rentrerions-nous pas ce soir ? Vous préférez sûrement cela. Il suffit d'annuler les réservations à l'hôtel.

— Mon père serait furieux que je vous ramène sans vous avoir offert une tournée des grands-ducs.

— Je me chargerai des explications.

— Pas question.

Elle haussa les épaules. Après tout pourquoi pas ? Il s'agissait probablement de la première et dernière occasion de passer un aussi long tête-à-tête avec Josh.

Le reste de la journée s'écoula en courses diverses, chacun de son côté. Pendant que Josh examinait les dernières nouveautés en matière de matériel agricole, Nathalie s'offrit quelques folies — utilitaires hélas — dont un de ces chapeaux en toile comme en portait sempiternellement Peg. Tout à fait par hasard, du moins en ce qui la concernait, ils se croisèrent dans la rue en fin de journée. Ses achats l'encombraient, coincés jusque sous son menton. Galamment, le jeune homme l'en soulagea. Sur le chemin de l'hôtel ils s'arrêtèrent quelques instants dans un square pour savourer cette insouciante inactivité, si différente du travail harassant qui les dévorait vingt-quatre heures sur vingt-quatre à Naranghi.

La fraîcheur de l'air conditionné de l'hôtel Metropole donnait l'impression de plonger dans une piscine. Une douche paracheva cette sensation. Pour tout bagage Nathalie ne disposait que d'une trousse de toilette au fond de son sac. Heureusement la robe avait assez bien résisté au voyage. Une retouche de rouge à lèvres et de mascara et elle redescendit dans le hall où son involontaire chevalier servant l'attendait déjà.

Les cheveux encore humides de Josh renvoyés en arrière dégageaient les contours énergiques de son visage buriné. Avec une courtoisie toute nouvelle il lui ouvrit la portière de la voiture pendant qu'elle s'y installait.

Le restaurant était le plus élégant de Tallawara.

Il ne manquait pas de charme avec ses murs recouverts de plantes grimpant le long d'un treillage. Pendant la journée un simple velum en guise de toit abritait la salle de l'ardeur du soleil.

Le soir venu on l'ôtait et les dîneurs bénéficiaient de la voûte céleste en guise de plafond. Une piste de danse parquetée, bordée d'une estrade pour un orchestre, occupait le centre de la pièce. Malgré cette installation Nathalie n'espérait pas un instant que Josh l'inviterait à danser. Danser, lui ? Allons donc.

Le maître d'hôtel les conduisit à une table un peu en retrait où ils pourraient être tranquilles sans pour autant se priver de l'animation de l'établissement. La carte comportait un nombre de plats impressionnant. En guise d'apéritif Josh commanda d'emblée une bouteille de champagne.

— J'ai droit au grand jeu à ce que je vois ! plaisanta Nathalie.

— Je présume que vous ne vous satisferiez pas de moins, lui renvoya-t-il au bond.

Mauvais départ ! D'emblée ils retrouvaient cette agressivité derrière laquelle chacun camouflait sa véritable personnalité. Ce soir était unique entre mille et elle ne voulait le gâcher à aucun prix. Elle résolut de ne pas dire le moindre mot susceptible de déclencher la mauvaise humeur de son compagnon et de rester sourde à ses provocations. Comment réagirait-il si elle avouait tout de go qu'elle l'aimait au point de renoncer à tout pour s'installer avec lui à Naranghi ? Probablement éclaterait-il de rire. Et pourtant... Ces derniers temps une question la harcelait : en serait-elle capable ? A présent elle connaissait la réponse. Oui. A condition d'être aimée de cet homme. Inutile de se bercer d'illusions. Josh amoureux ? Impensable. Mais ce serait oublier Maida Connell !

Quoi qu'il en soit, cet amour sans espoir bouleverserait à jamais son existence. Plus question de se satisfaire de ce vague statut de bibelot de luxe, d'oisive sophistiquée qui décrocherait un de ces brillants partis dont rêvait sa chère mère. La pauvre ! Nathalie imaginait sa mine en apprenant que sa fille unique ne rêvait que de retour à la terre !

La conversation ne brilla pas par son esprit. Les efforts de la jeune femme se heurtaient au mutisme obstiné de Josh. Evanouie, la relative entente qui les liait cet après-midi. Il paraissait préoccupé.

On en arrivait au dessert quand, à sa stupéfaction, il l'invita à danser.

— Ce n'est pas la peine, se crut-elle obligée de répondre à ce qui n'était à ses yeux qu'un geste de politesse.

— J'ai beau n'être qu'un cul-terreux, je ne vous écraserai pas les pieds !

— Je n'en doute pas.

— Alors venez.

Il la prit par la main et l'entraîna sur la piste. Main dans la main, un bras musclé autour de la taille, Nathalie se laissa aller. En parfaite harmonie ils suivaient le lent balancement de la musique. Il ne se vantait pas : ses pieds ne risquaient rien.

Dans l'intimité de leurs deux corps soudés, les tensions se dissipaient. Un même rythme les unissait profondément. Suivre Josh ne demandait aucun effort. Au creux de ses reins le bras de son cavalier la soutenait et l'emprisonnait à la fois.

Elle leva le visage vers lui. Une étrange douceur apaisait ses traits et noyait ses yeux verts généralement si perçants. Il déposa en souriant un baiser sur le front de Nathalie. Prise de court, elle se détourna sans pourtant parvenir à échapper aux lèvres qui s'emparèrent des siennes en un interminable baiser. Toute sa vie elle se

116

souviendrait des notes graves d'un solo de saxophone...

— Josh! protesta-t-elle faiblement.

Autour de sa taille l'étreinte se resserra.

— Personne ne nous voit.

A nouveau leurs bouches se trouvèrent, interdisant toute protestation. Nathalie s'abandonna avec délices. La triste réalité s'évanouissait dans la magie de ce baiser. Il suffisait de fermer les yeux pour que dans cette union fugitive le rêve d'être aimée de Josh acquière un goût, une vérité tangible. Ils s'aimaient, désormais leurs vies se fondraient en une seule pour créer un foyer. Des enfants naîtraient. Naranghi deviendrait leur maison. Chaque soir, après sa journée de travail au ranch, il rentrerait fatigué mais heureux de la trouver là, pour s'occuper de lui. Au terme d'une ultime plongée dans les basses, le saxophone se tut. Les applaudissements de l'assistance sonnèrent le glas de cette douce rêverie. Ils regagnèrent leur table.

Une charlotte aux fraises les attendait. Mais Nathalie avait perdu tout appétit. Tandis que Josh dévorait elle l'observait à la dérobée en picorant dans son assiette si distraitement qu'il finit par s'en apercevoir.

— Que se passe-t-il?

Elle avala précipitamment la bouchée de charlotte qu'elle triturait de sa cuillère depuis cinq minutes.

— Rien.

— Si. Vous paraissez préoccupée.

— Parce que je me dis qu'en ce moment vous mourez probablement d'ennui.

— C'est l'impression que je vous donne?

Il paraissait réellement indigné.

— Je ne sais pas. Peut-être que non.

Un fracas de cymbales annonça le début du

spectacle. Il survenait à point nommé pour leur éviter une conversation qui promettait de les entraîner sur un terrain dangereux. Les attractions se révélèrent plus distrayantes qu'elle ne s'y attendait. La grande époque du chanteur de charme qui sévissait ce soir-là, si toutefois il en avait jamais connu une, devait dater de la préhistoire mais le prestidigitateur ne manquait pas de tours dans son sac. Un fantaisiste assurait les transitions d'un numéro à l'autre avec un humour parfois un peu leste mais Josh sembla en apprécier la saveur corsée et rit beaucoup.

Ils assistèrent à la totalité du spectacle en buvant des cafés puis des liqueurs. Au premier bâillement étouffé de sa compagne, il proposa de rentrer. Elle aurait bien voulu danser une dernière fois mais n'osa le lui demander. Elle prétendit donc se sentir fatiguée à ne plus tenir debout.

Leurs pas résonnaient dans les rues désertes. Les vitrines étaient éteintes et seul, de loin en loin, un réverbère jetait une tache de lumière sur la chaussée où plus aucune automobile ne circulait. Silencieux, ils restaient seuls chacun avec ses pensées. Puisqu'il n'en prenait pas l'initiative elle n'osa glisser son bras sous le sien. Pourtant cela paraissait si naturel de rentrer au bras de son compagnon, tard dans la nuit... Au bout de l'avenue clignotaient les néons rose et vert de l'enseigne de l'hôtel Metropole.

A peine quelques mots, vagues commentaires sur le spectacle, composèrent l'essentiel de leur conversation. D'ailleurs ni l'un ni l'autre n'y accordèrent beaucoup d'attention, leur fonction principale consistant à remplacer d'autres mots, ceux qu'ils n'osaient prononcer ou entendre. Peur, pudeur...

Leur entrée tira le veilleur de nuit du gros

fauteuil dans lequel il somnolait. D'une voix pâteuse il leur souhaita bonne nuit en leur tendant les clefs.

Ils occupaient deux chambres mitoyennes au bout du corridor du premier étage. Nathalie engagea sa clef dans la serrure.

— Bonne nuit, Josh, et merci pour cette soirée. J'ai passé un très bon moment. Je suppose que vous voulez repartir tôt demain matin. Huit heures, ça vous va ?

Probablement existait-il des paroles plus adaptées à la circonstance. Les aurait-elle sues que son trouble l'aurait empêchée de les dire. Malgré sa banalité, ce remerciement lui offrait quelques secondes de sursis avant que les portes ne se referment définitivement sur ce bref interlude de bonheur.

— Dormiez bien, Josh, murmura-t-elle en tournant la poignée.

La main du jeune homme se posa sur la sienne pour interrompre son mouvement. Penché sur elle, son visage touchait presque le sien quand la minuterie se ralluma, inondant le couloir de lumière crue. Des voix éclatèrent dans l'escalier. Sans hésiter Josh la tira dans la chambre et referma la porte.

— Trop de monde pour mon goût, plaisanta-t-il en jetant sa veste sur un fauteuil.

Nathalie en resta immobile et muette. Comment réagir ? Le prier de sortir paraîtrait ridicule. Et puis elle désirait tellement qu'il reste !

Il ne lui laissa pas le choix. Ses bras musclés se refermèrent autour d'elle, la pressant très fort. Il l'embrassa avec une douceur que la réponse passionnée de Nathalie transforma en avidité. Les mains de celle-ci se nouèrent sur la nuque puissante, sous les boucles sombres. Plus rien n'existait que le bonheur de se trouver dans ses bras.

Dans sa chambre exiguë le lit occupait presque tout l'espace. Insensiblement ils s'en rapprochèrent. Elle perdit l'équilibre en le heurtant. Ils se retrouvèrent allongés côte à côte, unis en une ardente étreinte.

Josh effleura son visage.

— Vous êtes si belle ce soir.

Les larges mains caressantes habituées aux rudes travaux révélaient des trésors de douceur.

— Je vous soupçonne d'avoir un peu trop bu, répondit-elle tout en effaçant ce reproche d'un effleurement de ses lèvres.

Seules les lumières de la rue se risquaient dans la pénombre de la pièce par la fenêtre aux rideaux ouverts.

— Pendant que nous dansions, je n'ai pas cessé de brûler d'envie de vous embrasser.

Cet aveu se perdit au creux de son cou. Il la couvrait de baisers, traçant un chemin de feu sur son visage qu'inconsciemment elle offrait et dérobait tour à tour comme le ferait un malade consumé de fièvre. Du plus profond de son être jaillissait une lave en fusion, un désir torrentiel qui la poussait à plaquer son corps plus étroitement encore contre celui de l'homme qu'elle aimait.

Les lèvres de ce dernier s'aventurèrent plus bas, explorant l'arrondi des épaules. La tête renversée en arrière, les yeux clos, Nathalie ne put s'empêcher de gémir de volupté. Comme s'il percevait un appel, Josh s'enhardit. Elle comprit qu'il dégrafait sa robe. Une paume tiède emprisonna avec tendresse l'un de ses seins.

— Nathalie, vous êtes superbe !

Appuyé sur un coude, il dévorait du regard la poitrine ronde et ferme dont la peau d'un rose très pâle, presque blanc, révélait par transparence le réseau compliqué de veines bleutées. Chaque fois qu'il la touchait, Nathalie croyait défaillir. Le souffle lui manquait. Elle vacillait au bord d'un abîme vers lequel elle attendait impatiemment qu'il la précipitât. A son tour elle défit la chemise de Josh, promenant ses mains dans l'épaisse toison de son torse, ne se lassant pas de l'émerveillement de parcourir sa peau. Rien n'échappa à son exploration. Des épaules si puissantes aux hanches étroites, elle prit possession de ce corps qui hantait ses rêves. Tout ce qui les séparait semblait aboli.

— Josh, je vous aime... Josh, mon amour...

L'aveu lui échappait. Elle ne parvenait plus à le retenir. Emportée par le déferlement de sa passion, Nathalie ne contrôlait plus rien. Ni les réactions, si nouvelles, de sa chair ni le trop-plein de son adoration pour lui.

L'étreinte de Josh se figea. Ses lèvres la quittèrent. Un froid glacial, une horrible impression d'abandon l'assaillirent. Avec une souplesse de félin il roula sur le côté, la laissant pantelante, à demi dénudée. Il la regardait mais elle se rendait bien compte qu'il ne la voyait pas. Elle tendit les bras pour le rappeler.

— Josh... implora-t-elle.

— Non, articula-t-il péniblement, comme si ce refus lui coûtait. Vous avez raison, nous avons un peu trop bu.

Nathalie eut l'impression que tout s'effondrait. Un souffle d'air venu du dehors la fit frissonner. Elle se voila les seins.

— Josh, que se passe-t-il ?

Au moins qu'il lui prenne la main. Elle tendit les bras vers lui. Mais à son contact il se déroba. Le visage fermé, il demeurait assis, immobile, au bord du lit.

— Comment pouvez-vous vous montrer aussi cruel ? dit-elle d'une voix tremblante.

Plutôt que de demeurer assis dangereusement près d'elle, il choisit d'arpenter la pièce pour lui répondre sans avoir à soutenir son regard de biche blessée.

— Ce n'est pas de la cruauté, seulement de la raison. Vous vous apprêtiez à commettre la même erreur qu'avec votre ex-fiancé. Vous êtes simplement amoureuse de l'amour, de l'idée que vous vous faites d'un homme. Pas de ce qu'il est, en réalité.

La force lui manqua pour le convaincre qu'il se trompait, qu'aucun autre ne le remplacerait jamais. Qu'il était l'homme de sa vie. De toute façon il ne la croirait pas.

— Sans doute avez-vous raison, acquiesça-t-elle en espérant que cette lâcheté la sauverait au moins du ridicule.

— Si nous partons de bonne heure demain, autant essayer de dormir.

Ce fut tout. Jusqu'au déclic du pêne de la serrure, elle espéra. En vain. Brisée de douleur, Nathalie enfouit le visage dans son oreiller.

Chapitre neuf

La perspective du voyage de retour hantait Nathalie. Toutes ces heures assise si près de lui après ce qui venait de se passer... Qu'il éprouve probablement un malaise identique n'y changeait rien.

Seule une autre table était occupée dans la salle à manger, ce matin. Quelques minutes de répit avant l'intimité forcée de la voiture... avant de le revoir. L'habitude de se lever à l'aube suivait Josh en toutes circonstances. Même après cette nuit aussi courte et frustrante.

Les toasts beurrés du petit déjeuner ne passaient pas. Elle ne put avaler que quelques gorgées de thé.

La voiture se trouvait déjà devant l'entrée de l'hôtel. Josh l'accueillit avec bonne humeur.

— Bonjour ! Vous avez pris votre petit déjeuner ?

Elle acquiesça avec une feinte gaieté.

— Alors allons-y.

Plus tôt elle retrouverait Naranghi, mieux cela vaudrait. Le véhicule démarra sous le soleil encore supportable en ces premières heures de la matinée. La radio de bord débitait des nouvelles. La persistance de la sécheresse dans la région devenait inquiétante. On signalait la baisse des cours de la viande de mouton, due à l'obligation de vendre les bêtes en grand nombre, faute de nourriture.

— Pourquoi n'essaie-t-on pas de prévoir les effets de la sécheresse de façon plus efficace? demanda Nathalie.

— Beaucoup d'éleveurs ne tiennent pas compte du cycle naturel de la terre. Ils le contredisent plutôt que de s'y adapter. On ne conquiert pas un pays tel que celui-ci.

Cette philosophie de la terre dans la bouche de Josh l'étonnait. Sa nature le portait généralement vers des considérations beaucoup plus pratiques.

— Et vous, quelle serait votre solution?

Enfin un sujet de conversation auquel il ne se déroberait peut-être pas et qui meublerait une partie du long voyage.

— Les arbres.

— Les arbres?

— Pendant des dizaines d'années les abattre pour libérer des terres d'élevage et de culture a constitué une louable entreprise de valorisation du pays. En réalité cette méthode a largement contribué à sa désertification. Il ne subsiste plus suffisamment de végétation pour retenir l'humidité. A chaque grande sécheresse le vent qui court librement sur des centaines de kilomètres érode la couche de terre cultivable, laissant la roche à nu. A Naranghi, j'ai planté plusieurs dizaines de milliers d'arbres et l'on s'en aperçoit à peine.

Il soupira avant de reprendre.

— Si seulement il pleuvait. Encore quelques semaines et la situation deviendra critique.

Son pessimisme frappa Nathalie. Cette lutte quotidienne pour la survie expliquait sans doute certains traits de caractère de l'homme.

— C'est un pays sans pitié, constata-t-elle.

— Oui. Trop dur pour la plupart des gens.

En l'occurrence cela incluait sa passagère qui n'insista pas. Rencognée sur son siège, elle s'absorba dans la contemplation du paysage aride, éternellement recommencé. Aucun autre sujet de conversation ne lui venait à l'esprit. Le seul qui la préoccupait étant bien entendu tabou.

En revanche, son compagnon se montrait presque en verve. Probablement cherchait-il à se racheter de son attitude insultante de cette nuit. La politique, l'économie, l'écologie, firent les frais de la conversation pendant le reste du trajet. Il se révélait sous un jour nouveau, professant des vues originales qui dénotaient une connaissance réelle des problèmes de son pays. Elle se demanda d'où il tirait tant d'informations. Aucun journal n'arrivait à Naranghi, excepté une ou deux revues agricoles, et il n'existait pas dix livres dans toute la maison. Les quelques remarques qu'hasarda la jeune fille ne lui valurent pas les habituelles douches d'ironie glacée. Une ou deux fois même, il l'approuva. Malgré la chape de tristesse qui pesait sur elle, le voyage se révéla plutôt agréable. Jamais encore, songea-t-elle, ils n'avaient tenu une aussi longue conversation.

La voiture s'arrêta dans la cour de l'exploitation. Ils attendirent une minute que le nuage de poussière qu'elle soulevait se dissipe avant de descendre. Josh coupa le contact et se tourna vers sa passagère.

— Parler avec vous est un plaisir, Nathalie. Vous avez l'esprit vif.

La spontanéité du compliment aurait dû lui faire plaisir. Il ne fit que raviver sa blessure.

— Merci pour tout, se contenta-t-elle de répondre.

Pas un instant il n'avait songé à lui présenter d'excuses pour sa conduite de la veille.

— Allez-y doucement, Nathalie, se borna-t-il à ajouter, ne vous tuez pas à la tâche. Il n'y en a plus pour longtemps. Vous pourrez bientôt repartir.

La routine se réinstalla très vite. Au bout de quelques jours le voyage de Tallawara ne constituait plus qu'un souvenir qui s'effilochait déjà. Ce qui s'était passé là-bas se brouillait dans sa mémoire, oscillant entre la réalité et le phantasme.

La chaleur s'atténua. Des nuages noirs apparurent à l'horizon, chargés de promesses de pluie. Un soir que tous trois se trouvaient sur la véranda, des éclairs zébrèrent l'horizon, ponctués de roulements de tonnerre.

— A cinquante kilomètres d'ici un veinard bénéficie d'un arrosage gratuit, commenta amèrement Andrew.

Le lendemain matin le ciel aussi bleu qu'à l'accoutumée leur ôta tout espoir de bénéficier de la même chance.

Depuis le voyage, Josh évitait ostensiblement la jeune femme. Cela ne la dérangeait pas vraiment car elle avait adopté la même attitude à son égard. Sa présence la torturait autant que son absence. Visiblement l'un et l'autre se méfiaient de leurs propres réactions. Plus jamais elle ne se permettrait une telle faiblesse. Aimer rendait trop vulnérable.

Andrew, épanoui, annonça ce qu'il considérait comme de bonnes nouvelles. Peg revenait à la maison dans quelques jours et on avait finalement engagé une employée de maison.

La perspective de son prochain départ de la propriété soulageait et attristait Nathalie tout à la fois. Cette maison avait été le théâtre de tant d'événements! Elle la quitterait plus riche d'émotions et de connaissance de soi.

Son oncle la regarda avec un bon sourire.

— Alors, ma belle, finis les travaux forcés!

— Ce n'était pas si dur que ça, protesta-t-elle. Du coin de l'œil elle surprit l'expression de Josh. Il semblait peu convaincu...

— Quand Mme Tring doit-elle arriver, papa?

— Malheureusement pas avant le retour de Peg.

— Je suppose qu'il se passera pas mal de temps avant que tante Peg reprenne une vie normale?

Andrew hocha la tête pensivement.

— Je crains qu'elle ne soit plus jamais en mesure de retrouver ses activités d'autrefois. Nous arrivons à un âge où mieux vaut se ménager pour éviter les mauvaises surprises. Probablement nous installerons-nous à Tallawara. Pendant mes visites là-bas j'ai repéré quelques maisons qui nous conviendraient parfaitement. Il serait temps que mon fils unique se trouve une femme et prenne le relais.

Josh apprenait cette passation de pouvoir en même temps que Nathalie. En principe la perspective de se trouver seul maître à bord devait le satisfaire.

— Je m'y attendais.

Ce fut là son seul commentaire. Il ne releva pas l'allusion à son mariage. De toute évidence la décision de son père ne pourrait que le pousser à demander Maida Connell en mariage au plus tôt. Quelle épouse lui conviendrait mieux? Une vraie femme de la prairie, sereine, efficace. Et si belle! A cette pensée Nathalie ressentit le goût amer de la jalousie.

Un vent anormalement fort soufflait depuis le début de la matinée. L'atmosphère lourde rendait la chaleur plus pénible encore. Une brume légère tamisait les rayons du soleil.

Nathalie mettait de l'ordre dans la comptabilité quand Josh fit irruption dans le bureau. Immédiatement elle comprit qu'un événement grave se préparait.

— Vite ! Aidez-moi à fermer toutes les portes et fenêtres. Une tempête de sable approche.

— Ma lessive ! s'écria Nathalie.

Elle venait tout juste de l'étendre à sécher et imaginait déjà ses draps et ses chemises immaculés emportés, telle une flotte de montgolfières, par les éléments déchaînés jusqu'à la côte du Pacifique.

Un grand panier d'osier sous le bras, elle courut derrière la maison. Tandis qu'elle y entassait fébrilement le linge, elle surveillait du coin de l'œil le gigantesque nuage ocre qui ensanglantait l'horizon. On aurait dit un mur en marche, prêt à tout engloutir sur son passage. La lumière du jour s'obscurcissait, peu à peu remplacée par une sorte de voile jaunâtre, impalpable et inquiétant, qui baignait la prairie d'une lueur d'outre-tombe. Des brindilles et des feuilles desséchées voletaient dans l'air bien au-dessus de sa tête tandis qu'elle regagnait prestement la maison, ployée sous son fardeau, trébuchant dans sa hâte sur le sol inégal.

Josh s'employait à boucler systématiquement toutes les ouvertures. Elle déposa le panier à la lingerie et courut l'aider. Andrew se trouvait à Tallawara. Le lendemain il ramènerait Peg. Ils étaient seuls.

Une immense plainte s'amplifiait à l'extérieur. La maison commença à trembler sur ses fondations. La peur gagnait la jeune femme. A présent, l'obscurité était presque totale : par mesure de précaution on avait coupé l'électricité. Elle passa la langue sur ses lèvres et y décela un goût de terre. Malgré leurs efforts, la poussière s'infiltrait. Une quinte de toux la secoua.

Josh s'évertuait à boucher d'une serpillière l'interstice au bas d'une porte.

— Couvrez-vous le nez et la bouche, conseilla-t-il en lui tendant une serviette humide. Cela filtrera la poussière.

Elle noua les extrémités du linge derrière sa nuque. D'elle on n'apercevait plus que ses yeux.

— Et maintenant ? demanda-t-elle, la voix assourdie par son masque improvisé.

— On attend. Ce ne sera pas long.

Les murs de lattes gémirent, lugubres.

— Autant s'asseoir, dit Josh en lui avançant une chaise de cuisine.

La tempête s'abattit sur eux dans un fracas de fin du monde. Des débris propulsés sur des kilomètres s'abattaient sur le toit en un bombardement incessant. D'assourdissants échos de métal malmené leur parvinrent de la cour. Probablement la pile de fûts d'essence qui s'écroulait. L'inquiétude qu'elle lut dans les yeux de son compagnon amplifia sa propre peur.

— Josh ! La maison va s'écrouler sur nous !

Saisie d'une panique incontrôlable, elle se précipita contre sa poitrine, s'agrippant à lui de toutes ses forces, le visage enfoui tout contre lui.

— Allons, allons, du calme.

Son contact suffit à la rassurer. Mieux — pire — il réveillait toutes les sensations éprouvées lors de la fameuse nuit de Tallawara. Que la tempête continue éternellement si elle devait prolonger l'illusion de jouir de son amour.

Tant pis si son manque de courage l'humiliait. Josh n'en attendait sans doute pas moins d'elle.

— Je suis désolée, murmura-t-elle en se redressant.

De fines particules de terre impalpable demeuraient en suspension dans l'air. Elle passa un doigt sur le dossier de la chaise et l'en retira couvert d'une épaisse couche ocre foncé.

Un silence pesant planait après le terrifiant mugissement de la tourmente. Seul le tic-tac régulier de la pendule indiquait que la vie continuait.

— Je crains que vous n'ayez un sacré travail pour vous débarrasser de toute cette poussière.

Elle s'attendait plutôt à une remarque sarcastique sur son affolement.

— Et tante Peg qui rentre demain ! Dire que je voulais que tout soit briqué pour son arrivée !

Mû par une soudaine impulsion, Josh l'attira à lui, la serrant très fort entre ses bras. Il la regardait fixement. Dans ses yeux brillait une lueur d'égarement. Ses lèvres s'entrouvrirent. Il voulait parler. Aucune parole ne les franchit.

— Josh ?...

Elle devinait l'embarras qui le bâillonnait et aurait voulu l'aider.

Tout aussi brusquement il la repoussa.

— Non. Rien.

On en resta là.

Le travail de remise en état de la maison se révéla titanesque. La poussière s'était insinuée dans les moindres recoins. Chaque objet soulevé, meuble déplacé, en révélait une nouvelle pellicule ; à croire que tous ses efforts n'aboutiraient qu'à la reporter d'un endroit à un autre. A minuit elle travaillait encore.

— Pour l'amour du ciel arrêtez ! Allez vous coucher.

Son acharnement semblait inquiéter le rancher. Elle jeta son torchon dans l'évier.

— D'accord. Je ne me rendais pas compte de l'heure.

Il la regarda en silence dénouer le tablier rouge qui protégeait ses vêtements. Cependant, dans le mutisme qu'il s'obstinait à observer, elle perçut comme de l'admiration. Un sourire, un de ceux qui le rendaient irrésistible, adoucit son expression.

Ensemble, ils se figèrent, comme traversés par la même pensée. Durant quelques interminables secondes tout devint possible, Puis Josh, incapable de réfréner plus longtemps la pulsion qui le poussait vers elle, s'empara de Nathalie pour l'embrasser sauvagement. L'eût-elle voulu, elle n'aurait pu résister. Une même incontrôlable passion les soudait l'un à l'autre. Leurs corps, arqués de désir, se confondirent. Contre elle, frémissaient les muscles tendus de l'homme qu'elle aimait.

Il n'abandonna pas ses lèvres mais s'arracha d'elle avec violence.

— Josh, je...

Elle ne put continuer. Les vagues de désir qui la ravageaient lui coupaient le souffle.

Josh se passa une main dans les cheveux.

— Désolé, mais même couverte de poussière je vous trouve irrésistible.

La légèreté apparente du ton cherchait à masquer un embarras évident. Avec une précipitation inaccoutumée qui ressemblait à une fuite il se dirigea vers la porte.

— Bonne nuit, Nathalie, lança-t-il par-dessus son épaule.

En fin de matinée le ronronnement d'un moteur d'avion annonça le retour de tante Peg. Les jeunes gens attendaient déjà dans la voiture à l'extrémité de la piste d'atterrissage.

Pour l'occasion Nathalie avait abandonné son uniforme, maintenant quotidien — jean et tee-shirt —, pour une robe de cotonnade blanche brodée de tulipes rouges et jaunes autour du décolleté et de l'ourlet. Une queue de cheval retenait la masse dorée de ses cheveux rendus à la vie sauvage par tout ce temps passé loin d'un coiffeur.

La joie de Peg en descendant de la voiture dans la cour faisait plaisir à voir.

— Enfin de retour ! ne cessait-elle de s'exclamer. J'ai eu tellement peur, à certains moments, de ne plus jamais revenir.

— Bienvenue, tante Peg !

Elle s'appuya sur sa nièce pour gravir les quelques marches de la véranda. Josh maintenait la porte grande ouverte. En se croisant ils se frôlèrent involontairement. Cela suffit à jeter une ombre sur le bonheur qu'éprouvait la jeune femme. Cette chaleur d'une vie familiale à Naranghi, elle ne la connaîtrait jamais.

Bien entendu, pas question que Peg lève le petit doigt à l'intérieur de la maison. La sagesse dictait la décision de son oncle de s'installer à Tallawara. A condition de respecter quelques règles élémentaires de prudence, la vie de tante Peg promettait d'être longue et sereine.

L'arrivée de Mme Tring donna le signal du départ de Nathalie.

La fourgonnette du facteur amena la nouvelle venue comme il l'avait fait, il y a des siècles semblait-il, pour elle. Mme Tring annonça immédiatement la couleur. Elle comptait rester là.

Le passé de cette dernière parlait en sa faveur : enfance dans une ferme, deux garçons maintenant adultes, et un divorce qui la laissait libre. Le tout étalé sur une cinquantaine d'années.

— Quel bonheur de retrouver la prairie, s'extasiait-elle sans cesse. Pour les gens comme moi, élevés en brousse, la ville c'est l'enfer.

Craignant sans doute que Nathalie n'interprétât à son encontre cette affirmation péremptoire, elle s'empressa de rectifier.

— Evidemment dans votre cas c'est différent. Juste le contraire, je suppose.

Nathalie haussa les épaules. Elle sentit le regard de Josh se poser sur elle.

— Je me suis très bien adaptée à Naranghi.

— Ah oui, reprit Elsa Tring, mais c'est l'assurance de retrouver bientôt votre ancienne vie qui vous donne du courage.

Probablement l'éleveur partageait-il cette opinion. Elle baissa les yeux, trop abattue pour le regarder en face. Elle ne savait plus où elle en était : appréciait-elle l'existence libre et rude de Naranghi ou seulement la présence de Josh ?

On avait prévu une petite fête pour la veille de son départ. Les Connell insistèrent pour se charger des préparatifs. Pour une fois on lui interdit de mettre la main à la pâte. L'attention la toucha. Afin de ne pas assombrir les réjouissances, elle dissimula sa tristesse et feignit d'être impatiente de retrouver Sydney.

Pendant la soirée chaque aparté de Josh et Maida réveillait une intolérable jalousie. Elle craignait à tout instant qu'ils n'imposent le silence pour annoncer leurs fiançailles, dans un tonnerre d'applaudissements et de hourras.

Chacun s'en retourna chez soi relativement tôt pour ne pas trop fatiguer Peg. Cette solitude retrouvée soulagea Nathalie. La litanie des au revoir, des à bientôt, des revenez nous voir, ponctuée de félicitations pour son endurance et

133

son cran, dépassait ses capacités de résistance. Elle promit de revenir dès que possible, tout en sachant pertinemment qu'elle n'en ferait rien.

Les dernières voitures parties, Andrew et Peg se couchèrent. Il restait quelques assiettes à débarrasser. A elles deux, avec Elsa, la corvée fut expédiée en quelques minutes.

Une chaleur oppressante, insupportable régnait dans sa chambre. Incapable d'y demeurer plus longtemps, elle sortit respirer une dernière fois l'air plus frais de la nuit.

Au bas des marches de la véranda elle cueillit machinalement une de ces fleurs que Josh appelait rose du désert. Nathalie huma son parfum subtil qui raviva douloureusement le souvenir de ce soir-là.

Ses pas la guidaient au hasard à travers ces lieux qu'elle avait appris à connaître et à aimer. Le feuillage des eucalyptus bruissait doucement. Elle gravait chaque détail dans sa mémoire pour nourrir sa future nostalgie, si absorbée qu'elle ne s'aperçut de la présence de Josh que lorsqu'il lui emboîta le pas. Son apparition ne l'étonnait qu'à moitié. A vrai dire, elle l'espérait presque.

— Je m'attendais un peu à vous trouver ici, reconnut également le jeune homme. Votre dernière nuit... Alors, contente de rentrer ?

— Oui et non. Et vous ?

Il l'arrêta d'une main sur l'épaule.

— Mon comportement à votre égard les premiers temps n'a pas été très amical. J'espère que vous ne m'en voulez pas trop. De ça... ni du reste.

— Est-ce à dire que je me suis montrée moins odieuse que prévu ?

Elle s'efforçait de plaisanter sans toutefois parvenir à maîtriser un léger tremblement dans sa voix.

— Du moins pas comme je m'y attendais, répondit énigmatiquement Josh. Que diriez-vous d'une dernière bière ?

Cela ne contribuerait qu'à prolonger encore le supplice. Mais aussi à reculer l'instant fatal de la séparation. Il interpréta son silence comme un assentiment. Tandis qu'il cherchait les bouteilles à la cuisine, elle l'attendait, assise sur les marches du perron.

— Ne préférez-vous pas que je vous apporte un fauteuil ? demanda-t-il en revenant.

— Non. D'ici je vois mieux les étoiles.

Il s'installa à ses côtés. Instantanément elle regretta son refus. Sur la marche étroite leurs corps se frôlaient. Les battements de son cœur s'emballèrent. Un oiseau de nuit s'envola vers ses territoires de chasse dans un bruissement d'ailes.

— Vous nous manquerez, Nathalie.

En d'autres circonstances elle aurait savouré l'ironie de la situation et cette tardive déclaration de... sympathie.

— Mme Tring vous aidera à m'oublier. Elle se révélera certainement beaucoup plus efficace que moi.

— Oui mais tellement moins belle !

Une admiration éblouie se lisait dans son regard. Il la dévorait des yeux. Puis il proposa de la conduire jusqu'à Wells Creek, à mi-chemin de Tallawara. Cette solution permettrait à Nathalie de passer encore une nuit à Naranghi avant de prendre l'avion de Melbourne. Le choix de cette destination, plutôt que Sydney, s'expliquait par un besoin de solitude à un moment crucial de sa vie. Celui qui engagerait son avenir.

— Inutile de perdre une journée à me conduire là-bas alors que Jock McIntyre m'offre de m'y emmener demain.

— Cela vous oblige à passer une nuit dans un hôtel pas très confortable.

— J'ai appris à vivre à la dure, plaisanta Nathalie.

Les traits durcis du jeune homme révélaient une angoisse étrange. Et cette insistance...

— Je me sentirais un peu coupable de vous voir partir dans la camionnette du courrier alors qu'aucune obligation ne m'empêche de vous accompagner.

— Je préfère partir comme je suis arrivée.

Cette allusion à l'accueil qu'il lui avait réservé accentua l'embarras de Josh.

— D'accord, je me suis montré stupide. Peg me l'a suffisamment seriné. Je tenais à vous faire comprendre que vous n'arriviez pas en territoire conquis.

Encore des excuses. Décidément! Elle lui adressa un sourire qui équivalait à un pardon.

En dépit de tous les arguments du rancher, elle demeura inflexible. Elle partirait seule. La perspective d'affronter tant de kilomètres aux côtés de Josh lui parut au-dessus de ses forces.

La fatigue pesait maintenant sur les paupières de Nathalie. Le silence de la nuit étoilée incitait au repos. Mais la volonté engourdie de la jeune femme la contraignait à l'immobilité. Ses muscles ne lui obéissaient plus. Dans l'espoir de tromper quelques instants sa fatigue, elle ferma les yeux. Juste quelques secondes... Une minute plus tard, la tête appuyée au montant de la balustrade, elle dormait profondément.

Josh s'en apercevant la cueillit précautionneusement entre ses bras. Elle ne se réveilla que lorsque celui-ci, trouvant la porte de la véranda fermée, batailla contre la serrure.

— Josh, posez-moi, marmonna-t-elle d'une voix embrumée de sommeil.

— Chut! Vous risquez de réveiller toute la maison. Imaginez le scandale si Mme Tring vous découvrait ainsi!

Après cette protestation de principe elle se laissa porter sans plus rien dire jusqu'à sa chambre où il l'allongea sur le lit.

Elle entrouvrit les yeux. Dans la semi-obscurité de la pièce elle ne distinguait que la masse sombre de la haute silhouette de l'homme penché sur elle. Comme il déposait un chaste baiser sur son front, une vague de passion la souleva. Nathalie noua les bras autour du cou de Josh, l'attirant contre elle.

— Ne me quittez pas. Je vous en supplie, implora-t-elle désespérément.

Pour toute réponse des lèvres chaudes s'emparèrent des siennes. Leur étreinte se fit torride. Il pesait sur elle de tout son poids, l'immobilisant tandis que ses mains caressaient le visage et le cou de Nathalie, libérant en elle un torrent de désir.

Ce fut Josh qui s'arracha du tourbillon de passion sensuelle qui menaçait de les emporter. Il se dégagea avec détermination. Debout au pied du lit, il reprit un air distant.

— Ne me tentez pas, Nathalie...

Après un instant de silence il ajouta :

— Si je ne vous revois plus avant votre départ, adieu et bonne chance.

Lorsqu'il referma la porte, Nathalie se sentit sombrer dans un gouffre de désespoir.

Chapitre dix

Le lendemain matin, Josh n'apparut pas au petit déjeuner. Son absence ne l'étonna pas outre mesure bien que Nathalie la ressentît douloureusement. Chacune de leurs rencontres comportait son lot de souffrances mais les tourments de l'absence s'avéraient plus déchirants encore.

Tout se trouvait déjà disposé sur la table de la cuisine par les soins de Mme Tring. Ainsi cette dernière matinée ressemblait à s'y méprendre à la première. Le jour de son départ elle redevenait, comme celui de son arrivée, l'étrangère à laquelle on épargne les soucis du quotidien.

— Bonjour! Quelle fiesta hier soir! Ces voisins sont vraiment sympathiques!

Elsa Tring paraissait en pleine forme, débordante d'activité. A en juger par sa bonne humeur, son nouvel emploi lui convenait à merveille.

— Ils sont formidables, acquiesça Nathalie sombrement.

Mme Tring comprit qu'un changement de registre s'imposait.

— Alors, un peu triste de quitter tout ça?

Nathalie se fabriqua un sourire poli.

— Un peu...

— Josh est parti à l'aube je ne sais où, en

138

emportant des sandwiches pour son déjeuner. Il ne rentrera pas avant ce soir.

Elle observa une pause afin d'observer l'effet de cette information sur son interlocutrice.

— J'imaginais qu'il tiendrait à assister à votre départ. Enfin, le travail d'abord, je suppose !

— Nous nous sommes dit au revoir hier soir, précisa la jeune fille d'un ton neutre afin de détourner les soupçons d'Elsa Tring, qui, de toute évidence, mourait de curiosité.

— Mme Forde vous regrettera beaucoup. Elle ne tarit pas d'éloges à votre endroit. Remarquez, c'est bien naturel dans la mesure où elle vous doit la vie.

Le rappel de cet épisode embarrassa Nathalie.

— N'exagérons rien.

— Si, si, insista la brave femme. C'est aussi l'avis du médecin.

Pour changer de sujet elle demanda une autre tasse de café bien qu'elle n'en ressentît aucune envie.

— Je suppose que vos bagages sont fin prêts.

— Oui.

Elle s'efforça d'avaler une demi-tasse de café avant de s'éclipser.

— Je vais dire bonjour à tante Peg. Comment se porte-t-elle ?

— Comme un charme. A mon arrivée ce matin elle lisait dans son lit. Elle se lèvera un peu plus tard.

— Pourvu qu'elle ne recommence pas à se surmener. Une seconde rechute serait fatale.

— Ne vous inquiétez pas, la rassura Elsa, je la surveillerai de près.

— Je compte sur vous.

Tante Peg, confortablement adossée à une pile d'oreillers, abandonna sa lecture pour accueillir sa nièce. Elle arborait une paire de lunettes à montures d'écaille que Nathalie ne lui connaissait pas.

— Tu nous manqueras, ma chérie, à tous. Quand je pense que lorsque Belle nous a demandé de t'accueillir j'appréhendais ta venue comme une épreuve !

— Josh aussi...

Le regard de Peg se fit plus aigu.

— Effectivement. Mais en fin de compte tu l'as retourné lui aussi.

La gorge de la jeune fille se serra.

— Plus ou moins...

— Il t'admire beaucoup. Cela ne m'étonnerait pas qu'il soit un peu amoureux de toi.

Elle s'interrompit comme pour laisser à sa nièce la possibilité de confirmer ses dires.

— Oh ! les hommes aiment tant flirter. Mais nous savons tous que seule Maida compte pour lui. Je m'attends à recevoir bientôt une lettre de vous m'invitant au mariage...

Sa résolution était prise. Elle n'y assisterait à aucun prix. Sa tante lissa machinalement ses draps.

— Peut-être bien... Pourtant un moment j'imaginais que Josh et toi... Enfin tu n'aurais jamais accepté. Ce ne sont que des rêveries.

Se ressaisissant, elle enchaîna avec son assurance habituelle :

— En tout cas, ma chérie, je ne te remercierai jamais assez pour tout. Tiens-nous au courant de tes décisions. Et si le cœur t'en dit, reviens nous voir. Tu seras toujours la bienvenue dans cette maison, aussi longtemps que tu le voudras.

Nathalie promit d'écrire, de revenir, bien qu'elle sût à l'évidence qu'il s'écoulerait une éternité avant de trouver le courage de revoir Naranghi.

— Tes parents sont-ils au courant de ton séjour à Melbourne ?

— Pas encore. Je leur écrirai de là-bas. Une fois installée je leur rendrai visite à Sydney.

Peg n'insista pas. Selon ses principes chacun régissait son existence comme il l'entendait et elle ne classait pas sa nièce parmi les personnes perméables à l'opinion d'autrui. Une caractéristique qu'elles partageaient. Avec un petit pincement au cœur elle pensa combien elle aurait aimé mettre au monde une fille telle que celle-ci.

En fin de compte oncle Andrew forma à lui seul le comité d'adieu.

L'absence de son fils le surprit.

— Je ne comprends pas qu'il disparaisse ainsi sans un mot amical, répétait-il, confus de cette dérobade, malgré l'indulgence qu'affectait Nathalie.

Il embrassa chaleureusement sa nièce.

— Et surtout reviens nous voir...

Maintenant que le départ devenait irrémédiable elle avait hâte qu'il s'accomplisse. Jusqu'au dernier moment elle entretint l'espérance d'un miracle qui le rendrait inutile. Mais la réalité la happa sous l'apparence d'une camionnette déglinguée qui apparut au bout de l'allée.

La portière du véhicule claqua comme tombe un couperet. C'est en les laissant derrière elle que tous les détails de Naranghi, les bâtiments des étables, les bois d'eucalyptus, le vieux hangar de planches disjointes au toit de tôle ondulée lui paraissaient si familiers. A chacun se rattachait un épisode précis de son séjour. Les fûts d'essence, dont l'écroulement causa sa folle chevauchée, s'empilaient toujours au même endroit. La tache verdoyante du potager éveilla en elle une vague anxiété. Peg malade, elle partie, qui donc en prendrait soin ?

141

Pendant les premiers kilomètres Jock McIntyre se crut obligé d'entretenir la conversation. Devant le peu d'enthousiasme de son interlocutrice ses efforts se tarirent rapidement. De toute évidence les dernières péripéties de sa vie familiale ne la passionnaient guère. Décidément, entre sa vulnérabilité à la moindre vague de chaleur et les sombres pensées qui plissaient son beau front, elle ne constituait pas une compagne de route idéale.

L'arrivée à Wells Creek les soulagea tous deux. Les quelques dizaines de maisons éparpillées sans ordre en faisaient une agglomération bâtarde, entre le village et le petit bourg. Le postier n'eut pas à faire de détour : le bureau de poste et l'hôtel se trouvaient en face l'un de l'autre.

— Allez, bonne continuation et à bientôt !

Nathalie compensa son mutisme par force sourires et des remerciements chaleureux. Il n'en fallut pas plus pour retourner le vieux Jock comme une crêpe. Si ce n'était ce satané horaire il l'aurait bien emmenée boire une bière !

L'hôtel lui rappela un décor de western. Avec son architecture de bois blanchi et son unique étage il ne comportait probablement guère plus d'une douzaine de chambres. Elles ne devaient constituer qu'une activité annexe, à en juger par le brouhaha émanant du bar qui occupait le rez-de-chaussée.

Nathalie poussa les deux demi-battants de porte qui y donnaient accès. Les conversations cessèrent instantanément. L'arrivée d'un inconnu à Wells Creek constituait déjà un événement. Et quand, de surcroît, il s'agissait d'une femme jeune et jolie... Mme Grice, la patronne, essuyait des verres derrière son comptoir. Elle devina immédiatement qu'il s'agissait de la cliente pour laquelle Mme Forde, de Naranghi, avait réservé une chambre par téléphone.

Malgré ses soixante ans bien sonnés l'hôtelière était dotée d'une poigne solide. Une des lourdes valises de la jeune femme dans chaque main, elle gravit l'escalier qui menait à l'étage.

Nathalie s'affala sur le lit. Vidée. En ce moment plus rien ne la touchait vraiment. Même les larmes ne pourraient soulager sa souffrance. D'ailleurs, ses yeux restaient secs d'avoir trop pleuré. Josh définitivement rayé de sa vie, que faire de celle-ci ? Avec lui s'engloutissait sa seule possibilité de bonheur. Le récit du calvaire de David, le frère de Josh, lui revint en mémoire. Son geste désespéré lui parut soudain parfaitement compréhensible. Mais le courage lui manquait pour accomplir un tel acte. Blessée, à vif, elle continuerait son chemin vaille que vaille. Immanquablement le temps panserait sa blessure.

Plus pour passer le temps que par envie réelle elle descendit déjeuner. L'avion de Melbourne n'arriverait pas avant vingt-quatre heures. Quelques bouchées d'une salade de riz la rassasièrent. Elle l'arrosa d'une demi-bouteille de vin blanc frappé sur laquelle elle comptait pour la plonger dans une bienheureuse anesthésie.

Il faisait encore trop chaud pour s'aventurer dehors. Elle se réfugia à nouveau dans sa chambre. Les effets de l'alcool se manifestèrent progressivement. Mais l'idée de dormir en plein après-midi la gênait un peu. A Naranghi on n'avait pas le temps de s'offrir des siestes ! Malgré ces réticences elle succomba sans s'en rendre compte.

A son réveil, deux heures plus tard, elle baignait dans un bain de vapeur, ses vêtements collés à sa peau témoignant de l'agitation malsaine de ses rêves. Une douche froide les chassa. A la première fraîcheur du soir elle se résolut à sortir.

L'endroit manquait d'animation et de buts de promenade. Quelques rares magasins offraient des rapprochements inattendus de marchandises en petits tas parcimonieux. Des bazars... Outre ses médicaments le pharmacien vendait livres et disques, l'épicerie recelait un rayon de bijoux de fantaisie...

De l'autre côté de la rue un homme s'avançait vers elle à longues enjambées, à contre-jour dans le hâle orangé du soleil couchant. Josh ! Il était venu !

L'inconnu la croisa sans même lui accorder un regard. Nathalie maudit la faiblesse et l'imagination fiévreuse qui la rendait incapable de tirer un trait sur cette lamentable parenthèse de sa vie.

Après dîner elle s'installa à une table du bar pour boire son café car la solitude de sa chambre l'oppressait. Autour d'elle, les conversations, arrosées de bières, allaient bon train. L'apparente gaieté des consommateurs soulignait encore sa propre tristesse. L'insistance d'un représentant de commerce à se montrer entreprenant mit le point final à l'expérience. En guise de conversation ce don Juan de basse-cour ne lui proposait qu'une série de lieux communs d'un imparable ennui. Pour Nathalie qui cherchait à oublier, cela ne constituait pas un dérivatif passionnant...

Wells Creek s'endormait à neuf heures du soir pour se réveiller à l'aube. Pas un bruit. Pourtant la fenêtre restait grande ouverte en l'absence d'air conditionné. Etendue sur le dos elle revécut pour la centième fois les événements de ces

144

dernières semaines. Chaque détail demeurait vivace dans sa mémoire.

Ils l'accompagnèrent dans son sommeil dont miraculeusement les rêves se plièrent à ses désirs. Grâce à eux son départ de Naranghi ne constituait pas la fin de sa vie. L'amour de Josh répondait au sien. L'avenir s'ouvrait sur une route enchantée qu'ils parcouraient ensemble l'éternité durant. Leurs corps enlacés s'offraient l'un à l'autre. Rien ne les séparerait jamais.

Les premiers rayons du soleil l'arrachèrent à ces chimères. La solitude l'enserra à nouveau de ses griffes cruelles. Rien n'avait changé. Le découragement la gagnait à l'avance à l'idée d'affronter une nouvelle journée. Heureusement sa trousse de toilette ne contenait plus de somnifère ! Encore une habitude perdue à Naranghi. Les premiers temps de son séjour là-bas elle avalait toujours un comprimé avant de se coucher, comme à Sydney lorsqu'elle rentrait au petit matin de ces fêtes où l'on buvait un peu trop de champagne. Au fil des jours, quatorze heures de travail quotidien remplacèrent efficacement l'oubli chimique et elle dormit comme un bébé. Si seulement elle avait pensé à en acheter un tube hier soir... N'importe quoi plutôt que ce qui l'attendait. Il suffirait d'en avaler quelques-uns pour retrouver Josh...

L'avion de Melbourne ne décollait que ce soir. La journée promettait d'être longue. En quittant son lit la jeune femme se découvrit aussi fatiguée et vide de ressort qu'après une nuit blanche.

Une dizaine d'hommes discutaient accoudés au bar. Elle s'assit à une table pour avaler sans faim son petit déjeuner. Dans les bribes de conversation qui parvenaient jusqu'à elle le nom de Naranghi se détacha plusieurs fois.

— ... Déjà il ne reste plus rien de Mongabarra.

Le vent le pousse vers l'est. Avec la sécheresse la prairie est comme arrosée de pétrole. S'il ne tourne pas, le feu atteindra Naranghi ce soir et Pinnaroo dans la nuit...

L'auditoire acquiesçait silencieusement à ces sombres pronostics. N'y tenant plus, Nathalie quitta sa place pour se joindre à eux.

— Vous parlez de Naranghi, d'un incendie ? demanda-t-elle.

— Oui, un feu de brousse ravage tout ce secteur.

— Le ranch, ses habitants, sont-ils en danger ?

Son interlocuteur, un vieil homme appuyé sur une canne, esquissa un mouvement fataliste.

— Trop tôt pour le savoir.

La porte du bar s'ouvrit à la volée.

— Les volontaires pour l'incendie, départ immédiat !

Tous les consommateurs vidèrent leurs verres d'un trait avant de se diriger vers la sortie. La décision de la jeune femme ne lui demanda guère de réflexion. Elle se précipita à leur suite.

— Emmenez-moi avec vous !

L'homme qui paraissait être responsable des secours la regarda, incrédule.

— Ce n'est pas la place d'une femme !

— Ma famille habite Naranghi. Il faut que j'y retourne.

Plusieurs camions chargés de volontaires attendaient le signal du départ. Des cris d'impatience fusèrent.

— Bon, eh bien montez ! concéda son interlocuteur pressé de se mettre en route.

Des mains se tendirent qui la hissèrent sur la plate-forme une seconde avant que le convoi ne s'ébranle.

Il ne leur fallut pas longtemps pour apercevoir les premières colonnes de fumée se détachant sur le bleu limpide de l'horizon. On entendait le feu autant qu'on le voyait. Des crépitements secs, pareils à des coups de fusil, accompagnaient la progression des flammes. Sur un front de plusieurs kilomètres elles avançaient, inexorables, se nourrissant de tout ce qui se présentait sur leur chemin. D'autres équipes s'activaient déjà. Des bulldozers défrichaient des lignes parefeu, rasant toute végétation. Un ballet d'hélicoptères déversait des matières chimiques qui s'épandaient en nuages sur les foyers d'incendie pour les étouffer. Un peu partout des hommes, le bas du visage recouvert de mouchoirs, s'attaquaient au sinistre à l'aide de pelles et de neige carbonique.

— La piste de Naranghi est coupée, l'avertit un des responsables.

— Et les Forde ?

— Probablement évacués par hélicoptère. Ne vous inquiétez pas.

La vision du ranch dévasté par le feu l'assaillit. Du potager arrosé avec amour, de l'écurie de Misty, qu'adviendrait-il ? Des cendres. Et Josh ? Jamais il n'accepterait de quitter sa terre. Il demeurerait seul, à se battre jusqu'au bout. Des heures durant elle lutta au coude à coude avec les volontaires. Dans chaque flammèche qu'elle éteignait d'un coup de pelle elle tuait le danger qui menaçait la vie de son amour. Aucune entreprise humaine ne se révélerait assez efficace pour venir à bout d'une catastrophe naturelle. La seule possibilité consistait à orienter le feu de prairie de telle façon qu'il meure de lui-même sur des surfaces arasées de tout combustible. On y parvint en fin de journée. Les sauveteurs harassés se regroupèrent autour d'un camion-citerne distributeur d'eau. L'un d'eux se proposa de l'emmener à Naranghi.

La maison se dressait dans un paysage dévasté. Une terre noire de cendres entourait les bâtiments miraculeusement intacts. Nick, surgi de nulle part, accourut à la rencontre du camion.

— Bonté divine! s'exclama-t-il.

Il reconnaissait à peine la jeune fille échevelée, le visage noirci de fumée.

Tout le monde se trouvait à Pinnaroo, expliqua-t-il, le camion reparti. Du moins Andrew, Peg et Elsa Tring. Quant à Josh il luttait contre l'incendie quelque part. Nick la quitta précipitamment, appelé par des tâches urgentes.

Nathalie se sentait désemparée. Il ne lui restait finalement d'autre solution que d'attendre le retour de sa famille afin qu'on la raccompagne à Wells Creek. Pour se calmer, elle se prépara une tasse de thé dans la cuisine.

Un bruit de moteur se rapprocha de la maison. Par la fenêtre elle reconnut la camionnette de Pinnaroo. Josh et Maida en descendirent. Il la tenait par les épaules. Eux aussi portaient les stigmates de leur lutte contre l'incendie. Visiblement éprouvés, ils se laissèrent tomber sur les sièges de la véranda.

Leur arrivée prenait Nathalie au piège. Que faire? Comment manifester sa présence sans créer de situation terriblement embarrassante? La perspective d'affronter Josh se révéla au-dessus de ses forces. Elle se rencogna entre porte et fenêtre, se dissimulant de son mieux. Leurs voix s'élevaient, parfaitement audibles dans le silence de l'exploitation déserte.

— Josh, pourquoi as-tu laissé partir Nathalie?

— Comment la retenir puisqu'elle le voulait? répondit-il d'une voix lasse.

Nathalie se raidit d'appréhension, se mordant le poing.

— Mais tu l'aimes, n'est-ce pas ? le relança Maida.

La réponse fut à peine audible. Pourtant elle éclata aux oreilles de Nathalie comme un coup de cymbales.

— Oui. Plus que tout. A en devenir fou.

— Mais, tu l'es, fou ! Il fallait le lui dire, la retenir.

— A quoi bon ? Une fille comme elle n'accepterait jamais de passer sa vie à trimer à mes côtés.

— Mais si elle t'aime son amour lui donnera la force de s'adapter. Et tu l'aideras.

Il ne répondit pas. De sa cachette la jeune femme l'imaginait posant la main sur le genou de Maida.

— Chère Maida, reprit-il, j'espère que ce veinard de Vince est conscient de sa chance de t'épouser bientôt... Mais, tu sais, je crois que Nathalie était en fait soulagée de partir.

— Parce qu'elle t'aimait et que tu ne t'en apercevais pas, espèce de lourdaud ! Rattrape-la. Dis-lui la vérité.

— Je ne connais pas son adresse, avoua-t-il.

Maida éclata d'un rire frais et joyeux.

— Eh bien, mets-toi en chasse ! Comme un grand garçon. Sur ces bonnes paroles, je te laisse. L'homme de ma vie m'attend à Pinnaroo.

L'écho de leur conversation s'amenuisa à mesure qu'ils s'éloignaient. Nathalie attendit que s'éteigne le bruit de la camionnette pour émerger de sa cachette. Il ne restait qu'à attendre que Josh la découvre en entrant dans la cuisine.

Son pas se rapprocha le long du corridor. Il sifflotait un air familier. Il poussa la porte, alluma le plafonnier.

— Nathalie !

La stupéfaction le cloua sur place. Nul besoin

d'explications. L'apparence défraîchie de la jeune fille élucidait le mystère de sa présence. Il s'avança vers elle, la serrant à l'étouffer contre lui, comme pour la protéger des dangers du monde.

— Mon amour, murmura-t-il. Vous êtes revenue risquer votre vie pour Naranghi.

— Je n'ai pas fait grand-chose. Ne parlons pas de ça.

Il releva le visage de celle qu'il aimait afin que leurs regards se perdent l'un dans l'autre.

— Oui, occupons-nous d'abord de notre mariage. Enfin, si vous acceptez, se reprit-il.

— Oh Josh !

Combien de fois l'avait-elle rêvée, cette scène ! Pourtant la réalité dépassait ses scénarios les plus fous. Rien n'approcherait jamais l'intensité du bonheur qui la submergeait à cet instant. Un seul doute demeurait.

— Et Maida ?

Il prit le visage de Nathalie entre ses mains ouvertes.

— Elle épouse Vince Wrightson le mois prochain. Je suis le seul dans la confidence.

— Alors entre vous...

Il effleura ses lèvres d'un baiser.

— Tout le monde bâtissait des romans sur notre attachement mutuel. Depuis le temps que je connais Maida, je la considère comme une sœur à laquelle je vouerais une affection sans bornes. Mais entre nous il n'a jamais été question d'amour.

Désormais sa vie se confondrait avec celle de cet homme. De nouvelles épreuves l'attendaient certainement. Aucune n'aurait raison de leur amour.

— Je vous aiderai comme si j'avais passé toute ma vie en brousse.

— Non, ma chérie, je ne me sens pas le droit de vous obliger à mener cette existence. Nous prendrons une maison en ville.

Le calme avec lequel il lui assenait cette décision la stupéfia. Ce projet l'atterra. Ailleurs qu'à Naranghi quelque chose d'essentiel manquerait à son bonheur.

— Mais que deviendriez-vous sans ces terres ? La prairie est toute votre vie.

Du bout des doigts il caressa sa joue.

— Non. Ma vie c'est vous. Rien d'autre au monde ne compte davantage.

— Mais, Josh, je veux habiter ici !

A l'ardeur avec laquelle elle proféra ce cri il comprit à quel point elle l'aimait. Leurs lèvres se joignirent dans un baiser sans retenue qui scellait leur promesse de s'appartenir à tout jamais. Le temps semblait aboli. Ils vivaient une parenthèse d'éternité. Bientôt le moment viendrait où se découvriraient leurs corps dans l'accomplissement de leur désir. Enfin, serrés l'un contre l'autre, ils le laissaient s'approcher, silencieusement, tendrement.

Au début ils n'y prêtèrent pas attention. On percevait à peine le bruit, de petits chocs espacés sur les ardoises du toit. Ils s'amplifièrent. Josh, soudain aux aguets, leva la tête vers le plafond. Maintenant cela devenait crépitement.

— Qu'est-ce que c'est ?

Elle posa cette question avec une curiosité où n'entrait aucune crainte. Dans ses bras plus rien ne la menaçait.

Le visage du rancher s'illumina. La tirant par la main, il se précipita hors de la cuisine. Dans sa hâte une chaise tomba à la renverse. A l'extérieur rien ne bougeait. La terre craquelée de sécheresse aux environs immédiats de la maison formait un contraste saisissant avec la prairie calcinée, hérissée de squelettes d'eucalyptus. Pourtant, dès qu'ils quittèrent la protection de l'auvent, elle comprit.

— La pluie ! crièrent-ils d'une même voix.

Les gouttes, larges à présent comme des pièces de monnaie, s'écrasaient sur leurs visages tournés vers le ciel couleur d'encre. Elles tombaient à terre, instantanément absorbées avec avidité. Déjà leurs vêtements se collaient à leurs corps. Un grondement de tonnerre retentit. Comme déclenchée par ce signal, l'averse s'abattit.

Nathalie appuya son dos contre la poitrine de Josh. Il l'entoura de ses bras. Joue à joue, ils demeurèrent ruisselants sous la tornade. Des rafales de pluie cinglaient le buisson au pied de la véranda. Josh y cueillit une fleur au cœur écartelé.

— Ma rose du désert, lui murmura-t-il en la glissant derrière son oreille.

Chère Lectrice,

Duo s'apprête à fêter l'été avec vous.
Vous ne trouverez pas le mois prochain les livres
de la Série Romance que vous aimez. Ne vous
étonnez pas. Duo vous prépare un très beau cadeau
pour le mois de juin.
Merci d'être fidèle à Duo et rendez-vous à l'été!

Série Romance

VICTORIA GLENN
De toute éternité

Un baiser passionné sous le gui, il n'en faut pas plus
pour émouvoir Cassandra. Matthew Reiss, le célèbre
avocat de Beverley Hills l'a ensorcelée.
Pourtant, malgré la complicité qui d'emblée les
rapproche, Matthew n'est pas prêt à tomber amoureux.
Il y va de sa réputation de play-boy!

RUTH LANGAN
Le sauvage de Kalaï

Anne, la courageuse petite botaniste, s'enfonce dans
les profondeurs de la jungle à la suite de Jay MacFarland.
Elle avance d'un pas décidé, fascinée par toutes
les merveilles qu'elle découvre, le cœur serré à l'idée
des dangers qui la guettent et dont le moindre n'est pas
cet homme au sourire narquois qui la précède...

THEA LOVAN
Une histoire d'amour

Lilian Brooks écrit des romans sentimentaux,
John West des livres d'histoire. Tous deux doivent
collaborer à la rédaction d'un ouvrage. Mais la tâche
est rude. John se révèle insupportable, méprisant,
ironique. Elle devrait le détester et pourtant...

Ce mois-ci

Duo Série Harmonie

Duo Série Désir

Duo Série Amour

Achevé d'imprimer sur les presses de l'Imprimerie Bussière
à Saint-Amand-Montrond (Cher)
le 25 mars 1985. ISBN : 2-277-80254-9. ISSN : 0290-5272
Nº 173. Dépôt légal mars 1985. Imprimé en France

Collections Duo
27, rue Cassette   75006 Paris
diffusion France et étranger : Flammarion